愛とまぐはひの古事記

大塚ひかり

筑摩書房

目次

愛とまぐはひの古事記

愛とまぐはひの系図

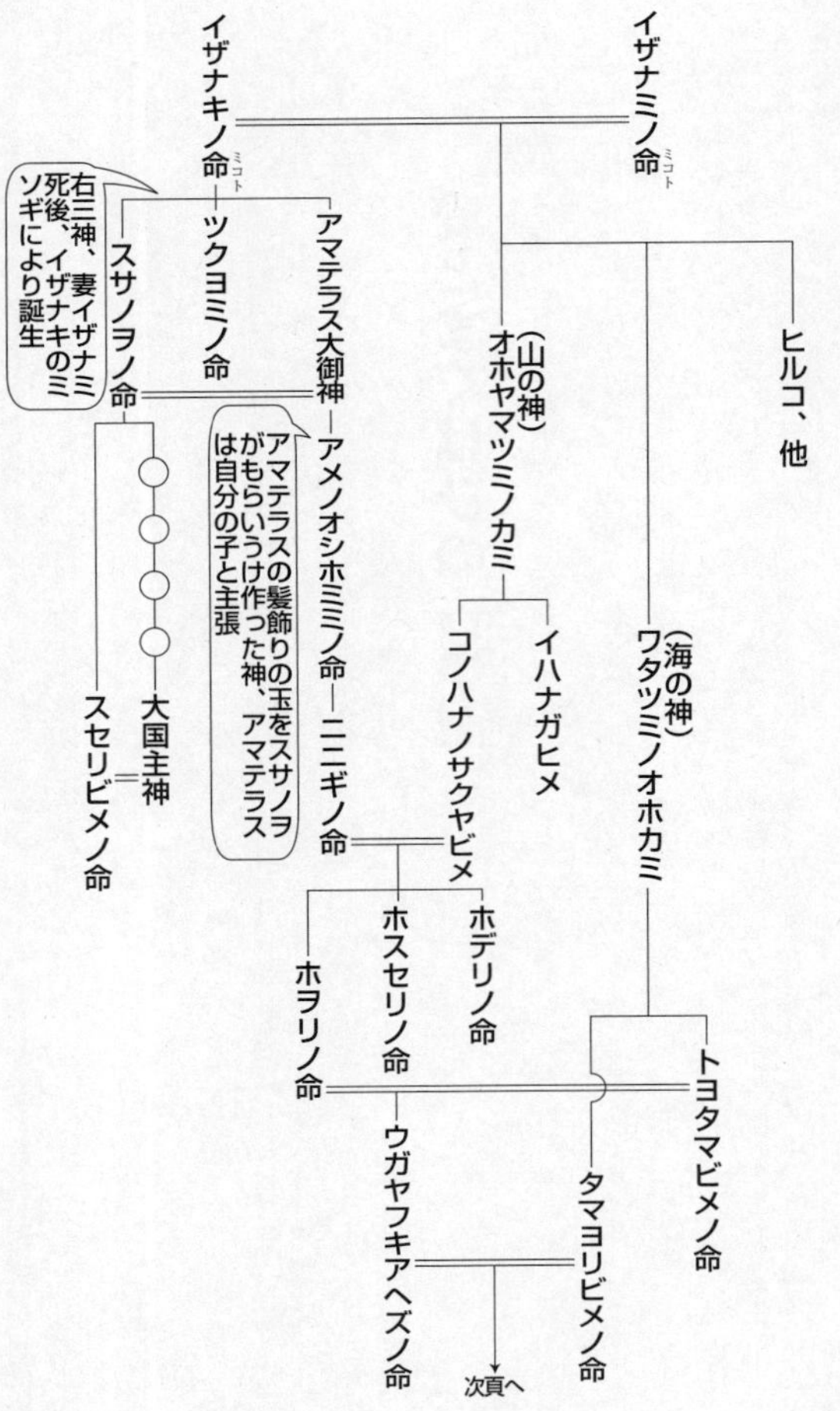

イザナミノ命《ミコト》
イザナキノ命《ミコト》
ヒルコ、他
（山の神）オホヤマツミノカミ
（海の神）ワタツミノオホカミ
アマテラス大御神
ツクヨミノ命
スサノヲノ命
右三神、妻イザナミ死後、イザナキのミソギにより誕生
イハナガヒメ
コノハナノサクヤビメ
アメノオシホミミノ命
ニニギノ命
アマテラスの髪飾りの玉をスサノヲがもらいうけ作った神、アマテラスは自分の子と主張
大国主神
スセリビメノ命
ホデリノ命
ホスセリノ命
ホヲリノ命
トヨタマビメノ命
タマヨリビメノ命
ウガヤフキアヘズノ命
次頁へ

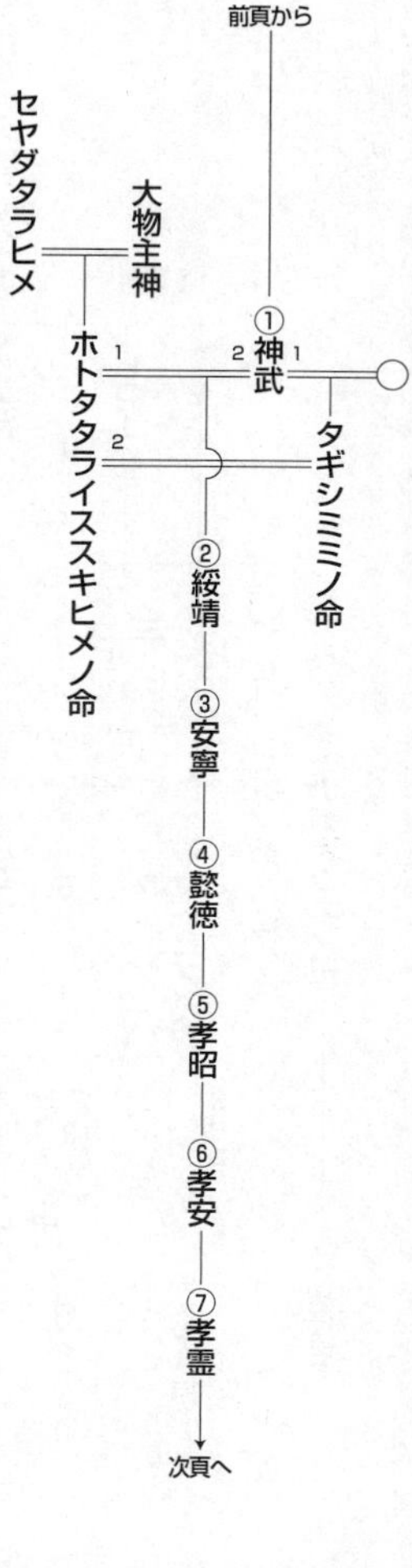

〈注記〉

・関係性を重視し、見やすさを追求したため、神名や人名は、略称などの片仮名表記が中心である。（例）天邇岐志国邇岐志天津日高日子番能邇々芸命→ニニギノ命

・天皇の名はおくり名で、「天皇」は省略した。

・丸数字は天皇の即位順を示す。

・═線上の数字は婚姻の順番を示す。

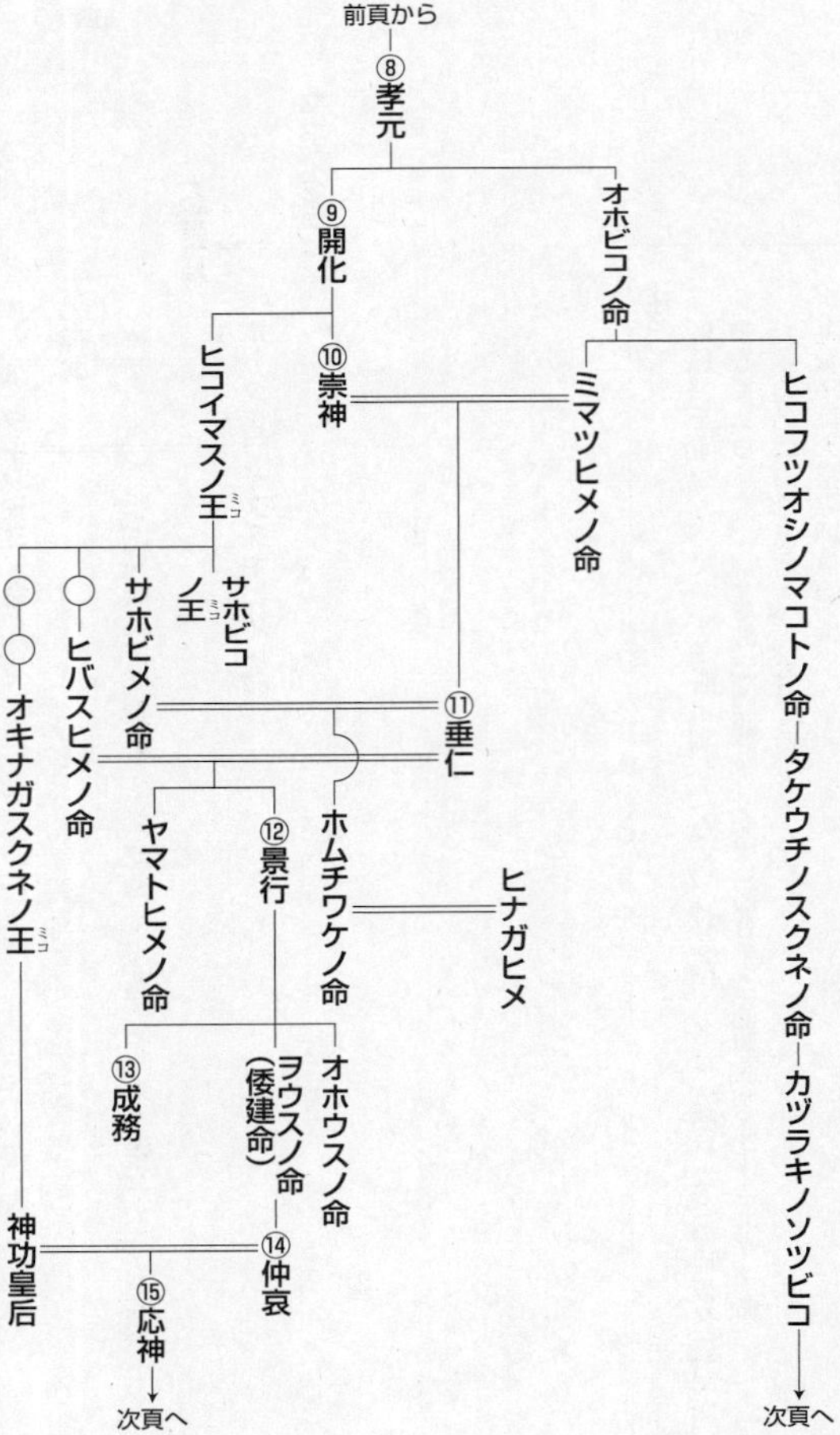
前頁から
⑧孝元
⑨開化
オホビコノ命
ヒコイマスノ王《ミコ》
⑩崇神
ミマツヒメノ命
ヒコフツオシノマコトノ命
タケウチノスクネノ命
カヅラキノソツビコ
○
○
○
サホビコノ王《ミコ》
サホビメノ命
ヒバスヒメノ命
オキナガスクネノ王《ミコ》
⑪垂仁
ヤマトヒメノ命
⑫景行
ホムチワケノ命
ヒナガヒメ
⑬成務
ヲウスノ命（倭建命）
オホウスノ命
神功皇后
⑭仲哀
⑮応神
次頁へ
次頁へ

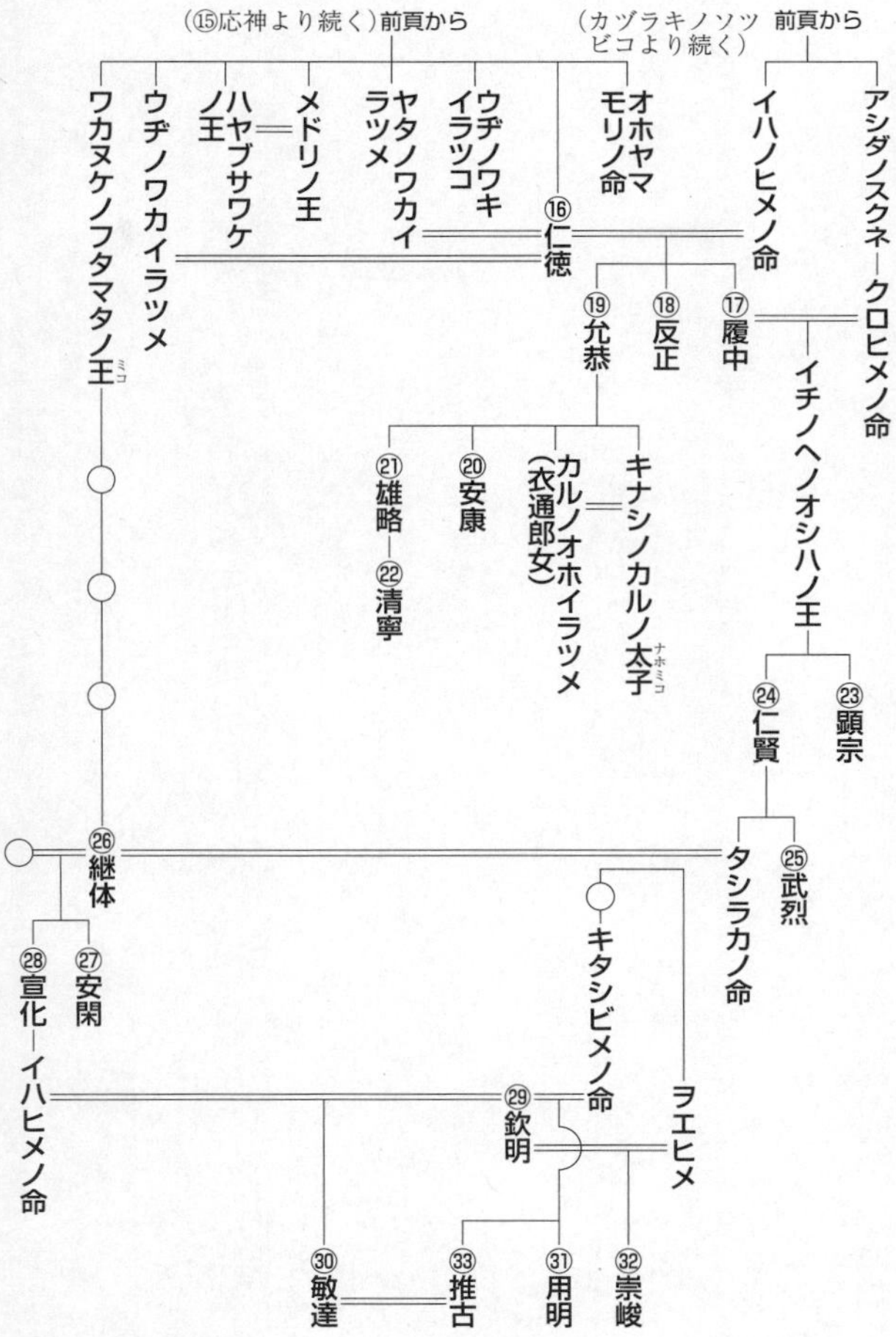

（⑮応神より続く）前頁から
（カヅラキノソツビコより続く）
前頁から
オホヤマモリノ命
ウヂノワキイラツコ
ヤタノワカイラツメ
メドリノ王
ハヤブサワケノ王
ウヂノワカイラツメ
ワカヌケノフタマタノ王《ミコ》
⑯仁徳
イハノヒメノ命
アシダノスクネ
クロヒメノ命
⑰履中
⑱反正
⑲允恭
イチノヘノオシハノ王
キナシノカルノ太子《ナホミコ》
カルノオホイラツメ
（衣通郎女）
⑳安康
㉑雄略
㉒清寧
㉓顕宗
㉔仁賢
㉕武烈
タシラカノ命
㉖継体
㉗安閑
㉘宣化
イハヒメノ命
キタシヒメノ命
ヲエヒメ
㉙欽明
㉚敏達
㉛用明
㉜崇峻
㉝推古

1

まぐはひで生まれた国

伊耶那美命先言、阿那邇夜志、愛上袁登古袁、此十字以レ音。下效レ此。後伊耶那岐命言、阿那邇夜志、愛上袁登売袁。各言竟之後、告二其妹一曰、女人先言、不レ良。雖レ然、久美度邇此四字以レ音。興而生子、水蛭子。

（中略）

最後、其妹伊耶那美命、身自追来焉。爾、千引石引二塞其黄泉比良坂一、其石置レ中、各対立而、度二事戸一之時、伊耶那美命言、愛我那勢命、為二如此一者、汝国之人草、一日絞二殺千頭一。爾、伊耶那岐命詔、愛我那邇妹命、汝為レ然者、吾一日立二千五百産屋一。是以、一日必千人死、一日必千五百人生也。（上巻）

イザナミノ命がまず言いました。

〝あなにやし、えをとこを〟…ああなんて愛しい男なの…、そのあとでイザナキノ命が言いました。

〝あなにやし、えをとめを〟…ああなんて愛しい乙女なんだ…、

それぞれ言い終わってから、イザナキノ命がその妻に向かって言いました。

「女が先に言うのはよくない」

けれどもそのまま寝所で事を始め、できた子はぐにゃぐにゃの蛭《ひる》同然だったのです。

（中略）

最後に妻のイザナミノ命が自ら追って来ました。そこでイザナキノ命は、千人の力で引いてやっと動くような大岩を引っ張って来て、黄泉《よみ》の平坂を塞ぎ、それぞれ向かい合って、〝事戸を度《わた》す〟…絶縁を言い渡す…時、イザナミノ命が言いました。

「愛しい私のあなた、あなたがそんなことをするなら、あなたの国の人間を一日に千人くびり殺してやる」

それに対してイザナキノ命がおっしゃるには、

「愛しい私の妻よ、あなたがそんなことをするなら、私は一日に千五百の産屋を立てよう」

こういうわけで、一日に必ず千人死に、一日に必ず千五百人生まれるのです。

いわゆる「癒し系」は重いストレスを癒さない

一九九九年、三十八歳の梅雨どき。歯科治療を引き金に、不眠不食の病になった。精神科に五カ月通っても治らず、歯科大学の付属病院で「歯科心身症」とか「口腔神経症」と呼ばれる病気らしきことを知り、適切な治療を受けたおかげで一月《ひとつき》ほどで元気になった。とはいえ今（二〇〇三年夏当時）も歯科通いが長引いたりすると、どうにもこうにもならなくなって、

「ＰＴＡの次の集まりは十月です。皆さん参加してくださいね」

などと聞くと思わず、

「生きてたら……」

なぞとつぶやいて、隣のお母さんの瞳孔を開き気味にさせてる私ではあるが。

中学以来、マンガを読むようにすいすい読んできた古典も、最も症状のひどい三十八歳の夏頃はしんどかった。読み慣れた『源氏物語』も読むのが辛かった。『源氏物語』の女たちはカラダを使わず頭ばっかり使っているからストレスに弱くなって、言いたいことも言えないから心を病んで、物の怪になったり取り憑かれたり拒食症になったり胸の病になる。

心身症てんこ盛りである。

男も薫のように自己中でコミュニケーション下手で差別的で、がつんと言えない向きが多い。今までの私なら、そこに自分や現代的なものを重ねて納得していたものだが、そのときばかりはそういう自分を見るのは辛すぎた。現実に直面したくなかった。

そんなとき唯一ラクに読めたのが『古事記』『日本書紀』、とりわけ『古事記』だった。

『古事記』は日本初の歴史記録文学だが、国が生まれる様子とか、百三十歳を超える天皇の没年とか、明らかに大ウソと分かる記述が満載だ。そうやって事実のふりをしてウソを語る歴史物語のほうが、ウソのふりして事実を語る『源氏物語』よりも、そのときの私の心身にはラクだった。

性交で国を生み出し、激しく怒り泣き笑う神話の神と人は、満身創痍気分の私を、癒してくれた。

だからその頃、三浦佑之氏（本稿では面識のない人は呼び捨てだが、三浦さんのように対談などで面識がある人は氏を付けて呼ぶ）の『口語訳古事記』（文藝春秋）が、この手の本としては異例に売れていると聞いたとき、世間には私のように満身創痍気分の人が増えているのかと思ったものだ。

最近では「癒し」ということがあまりに言われすぎたためか、手垢にまみれたこの言葉を嫌う人も多いし、本のタイトルなどからも消える傾向にある。が、好き嫌いはともかく、日々の不安と苦しさを一瞬でも軽減させ、免疫力を高めてくれる物語というのは、たしかにある。

それは精神科通いまでした私の経験からいうと、いかにも癒し系ですという顔をした、ほんわか柔らかな動物が出てくるような絵本でもなく、また『源氏物語』のようなじわじわとした日常の苦痛の物語でもなくて、人が木の葉のように死に、ときにはウジにたかられる腐乱死体が描かれ、ときには大便中の美女が犯されるという、刺激と破天荒に満ちた現象が描かれ、しかもその現象と絡み合うはずの人の心理がほとんど描かれない『古事記』のような物語なんだと思い知った。

『古事記』の特徴は、生命の根源たる「性」をすべての中心に据えているところであった。

『古事記』の性は、意欲も性欲もなくした、疲弊しきった心身を蘇《よみがえ》らせるという点では、他の古典の追随を許さない。

性愛メインの物語なのに、性愛への嫌悪感が漂う『源氏物語』と違って、『古事記』は性愛の重さをきちんと書き、生の根本を肯定している。だから読むと自分を肯定でき、「生きる力」が湧いてくる。

もしも世の中の多くの人が、癒しというのを求めているなら、『古事記』の、「高貴な野獣のような」とでも形容すべき神と人の性に触れるが良い。

『古事記』の性、すなわち〝まぐはひ〟である。

「まぐはひ」とは何か

日本神話では人も知るように、男女の神々の〝まぐはひ〟が国や神を生む。その発想が途方もない。まぐはひということだけでいえば、西洋でもキリスト教の影響の無い、もしくは少ないギリシア・ローマ神話や北欧神話では、神どうしはもちろん、神の兄妹どうし、神と人など、やたらとまぐはっているし、そのやり方も動物に化けたり、女に断られたので女医に化けてベッドに縛り付けて犯したり……と、およそ道徳教育などには役立ちそうにない、何のために作られ、何のために残された神話なのだろう？　と疑問に感じるようなものも多い。

北欧神話の『エッダ』になんて、

「助平女め、実の兄とねているところを神々に見つかった時、びっくりして屁《へ》をひりおったくせに」

「女が夫のほかに間男をもっても、別に大したことではない。だがな、男のくせに子供を生んだ神がここに来ているのは、ちと解《げ》せないぞ」(『エッダ　グレティルのサガ』ちくま文庫)

などなど神々の凄まじい言い争いが展開している。本当にこんなに激しく怒って、まぐはっていたら、心身症も逃げていくに違いない。

『古事記』にも怒りを表に出す神や人は多い。

そしてまぐはひと言えば『古事記』であると私が思ってしまうほど、神や人のまぐはひに満ちている。吉田敦彦や文化人類学者の大林太良が書いているのはもちろん、海洋民族学者で友人でもある岩淵聡文氏などに聞いても、兄妹が性交して人類の先祖になったという話は東南アジアに広く分布しているという。が、『古事記』が勅命で作られたとする「序」は古くは賀茂真淵《かものまぶち》(一六九七〜一七六九)も言っているようにあとから本文に付け加えられたにしても、『日本書紀』のほうは確実に勅命で作られた国家事業的な本である。なのに『古事記』同様、堂々と〝まぐはひ〟が描かれていて、しかも国そのものが〝まぐはひ〟で生まれたと主張しているところが、外《と》つ国の神話とは一味違う。

『古事記』は言う。

天地が初めて発動した時、高天原《たかまのはら》（よみについてはタカアマノハラ、タカマガハラなど諸説ある）に次々と七柱《ななはしら》（神の単位。柱は神霊の依り代でもある）の神々が現れたが、皆、独身のまま身を隠し、男女のカップル神が四ペアずつ現れたあと、伊耶那《いざな》岐神《きのみこと》（以下イザナキ）と伊耶那《いざな》美神《みのみこと》（以下イザナミ）が登場した、と。

二人は兄妹神で、その名は「誘う男」「誘う女」といった意味をもつ。彼らに高天原の神々は、〝天《あめ》の沼《ぬ》矛《ほこ》〟という道具を授け、

「この漂える国土を整えて固めよ」と命じる。

で、天《あめ》の浮橋《うきはし》に立って、〝塩こをろこをろ〟とかき回し、引き上げたときに落ちた塩が重なり積もって〝淤能碁呂《おのごろ》島《しま》〟となった。この島に二人は降臨し、〝天《あめ》の御柱《みはしら》〟なる柱と大きな御殿を発見。すぐさまイザナキがイザナミに、

「あなたのカラダはどういうふうにできているの」

と問う。で、次の有名な会話が展開する。

「あたしのカラダはどんどんできあがっていって、どうしても閉じ合わないところが一カ所あるの」（〝吾《あ》が身は、成り成りて成り合はぬ処《ところ》一処《ひとところ》在《あ》り〟）

「私のカラダはどんどんできあがっていって、どうしても余ったところが一カ所ある。だからさ、この私のカラダの余ったところでもって、あなたのカラダの閉じ合わない

ところを刺し塞《ふさ》いで、国土を生み作ろうと思う。生むのはどう？」（〝我《あ》が身は成り成りて成り余《あま》れる処一処在り。故《かれ》、此の吾が身の成り余れる処を以て、汝《な》が身の成り合はぬ処を刺し塞ぎて、国土《くに》を生み成さんと以為《おも》ふ。生むこと奈何《いか》に〟）

「良いわよ」（〝然《し》か善《よ》けむ〟）

「それじゃあ、私とあなたとでこの天の御柱を回って巡り逢って、〝みとのまぐはひ〟をしよう」（〝然からば、吾《あれ》と汝と是の天の御柱を行き廻り逢ひて、みとのまぐはひを為《せ》む〟）

このように二人は約束して、国を生んでいく。

〝みと〟は「寝所」説と「性器」説の二説ある。「み」は丁寧語というか美称。

〝まぐはひ〟は「性交」。

と言いたいところだが、このまぐはひという語、一筋縄ではいかない。

〝みとのまぐはひ〟は原文では〝美斗能麻具波比〟と漢字の音仮名で書かれている。日本語の文字がなかった当時、『古事記』は中国の漢字の音仮名で日本語を表した文字と、漢文とで構成されている。いわば暴走族の使うような「夜露死苦《ヨロシク》」という当て字と〝以和為貴〟…和を以て貴しとす…（『日本書紀』）という漢文がごっちゃになっているのだ。

本居宣長《もとおりのりなが》（一七三〇〜一八〇一）以来、〝まぐはひ〟とよまれることが多いのは〝麻具波比〟と〝婚〟と〝目合〟だが、イザナキとイザナミの〝みとのまぐはひ〟以外は確定的なよみではない。『古事記』で〝まぐはひ〟とよんでいいのはこの箇所だけと主張する学者もいる。

要するに『古事記』のよみには定説はないのだ。

だから本稿での私の古事記のよみ方も、古くは卜部兼永筆本《うらべかねながひつぼん》（一五二二年書写）ほかいろいろな本を参照しつつ、「これぞ」と思うよみを採用する。

で、〝まぐはひ〟の意味に戻るが、〝目合〟を〝まぐはひ〟とよむ人は「目と目を見合わす意から性交の意になった」という説を唱える場合が多いが、〝目合〟を「まぐはひ」とよまない人は「目とは関係なく、性交を表す特殊語」と唱えることが多い。

漫画家の江川達也氏などは〝目合〟＝まぐはひ説に立っているのか、『源氏物語』の話をしたとき、こう言っていた。

「セックスの神髄は見つめ合うこと。目と目を見合わすことにある。だから〝まぐはひ〟は〝目合〟と書くんです。平安時代の貴婦人にとって、目を見られるというのは裸やアソコを見られるのも同然の恥ずかしいことだったんじゃないか。で、成人すると兄弟にさえろくに顔を見せず、夫にだけ見せていた。男と目が合っただけで前戯みたいな。でも目と目を見合わすセックスって、男女の信頼関係がないとできないんだよね」

なにぶん私の記憶なので江川氏の言葉を曲解したところもあろうかと思うし、『古事記』に出てくる〝婚〟や〝目合〟という字をすべて「まぐはひ」とよんでいいとは思わない。

また一つのよみ方でいくと意味が合わないところも出てくる。たとえば、天孫《てんそん》が初対面の山の神の娘を「私はあなたと〝目合〟したいと思うんだけど」と誘っている箇所、山口佳紀は〝相合〟の誤字と主張するが、その確証はない。これが〝目合〟とすると、いくら古代人でも初対面の女にいきなり「性交したい」とは言えないのでは？という疑問も湧く。

思うに〝まぐはひ〟は今の性交とは別物と考えたほうがいいのではないか。たとえばそれは hello を正確には「こんにちは」と訳せないような、good-bye を「さよなら」と訳せないようなものなのでは。

結婚が制度としてまだ固まっていない古代のこと。

〝まぐはひ〟とは、見つめ合い、愛の言葉を交わすことから始まり、愛撫挿入後戯といった性交全般を表しつつ、結婚まで含んだ幅広い意味をもつ言葉だったのではないか。唯一確実に〝まぐはひ〟とよめるイザナキ・イザナミの性愛を見ると、よけいにそう思うので、以下、二人のやりとりの続きである。

愛とまぐはひの国生み

イザナキは「〝みとのまぐはひ〟をしよう」という合意を取りつけたあと、イザナミに、

「あなたは右から。私は左から回って巡り逢おう」

と言い、約束通り巡り逢う。そのとき、まずイザナミが、

「ああなんて愛しい男なの」（〝阿《あ》那《な》邇《に》夜《や》志《し》、愛《え》袁《を》登《と》古《こ》袁《を》〟）

と言ってから、イザナキが、

「ああなんて愛しい乙女なんだ」（〝阿《あ》那《な》邇《に》夜《や》志《し》、愛《え》袁《を》登《と》売《め》袁《を》〟）

と言った。

このセリフには〝愛〟という字が入っている。

漢字は表意語であって、『古事記』の編者は漢文も操っているから、当然、その語の意味を承知で使っているのだ。まぐはひの前に「愛しい」という思いのたけを男女が発していて、それが〝愛〟という漢字で表記されている。

愛とまぐはひの『古事記』である。

が、言い終えてからイザナキは、

「女が先に言ったのは良くなかった」

と反省したものの、三浦氏の『口語訳古事記』によれば「それなのに止《や》めることはできなかったのじゃな」という状態になって、そのまま寝屋でコトを致して生んだ子は〝水蛭子《ひるこ》〟（以下ヒルコ）…蛭のようにぐにゃぐにゃな子供…だったので、葦船《あしぶね》に入れて流し捨てた。次の子も良くないので、高天原《たかまのはら》の神々に二人でお伺いを立てて占ったところ、案の定、

「女が先に言ったのが良くない。もう一度降臨して改めて言え」

というご託宣《たくせん》が。で、言われるようにすると今度は淡路島はじめ、日本列島と小さな島々が生まれ、さらにまぐはって神々を生んでいくのだが。

なぜ女が先に「愛しい」と言ってはいけないのだろう。このことに『古事記』『日本書紀』がこだわるのは中国の男尊女卑の思想の影響だとどの解説も言う。この部分は『日本書紀』の神代上第五段の一書第二によると、女神が先に〝喜びの言《こと》を発《あ》げた〟のが陰陽の道理に反していたのでヒルコが生まれたという。これだと女が先に歓喜の声を挙げたとも解され、『古事記』にはないエロスを感じる。そして儒教や仏教

思想が他の箇所でも顕著に見える『日本書紀』のほうはたしかに男尊女卑の思想があるだろう。

しかし『古事記』までもが女が先に言うのは良くないとするのは、女のほうから好きになるより、男のほうから好きになったほうが関係が長続きするからとか、なにかそういう愛のジンクスがあったからでは？　と私は思う。

私の経験や周りを見ても、男が先に夢中になったカップルのほうが長続きしている。動物や鳥でもオスが踊りを見せたり巣を作ったりエサをプレゼントして求婚し、それに応じる応じないの選択権はメスがもつ。

イザナミはすでにイザナキのまぐはひの提案に応じてはいるが、イザナキから「好きだ」という意思表示もプレゼントももらってはいない。

竹内久美子や藤田徳人によると、異性に「好き」と言われると、男は少しでも気に入れば性交するのに対し、女はよほど気に入らなければ性交しないという。彼らに言われるまでもなく、性交による妊娠出産というリスクを思えば、女が慎重になるのは当然だ。なのに女が自分から「好きだ」と言ったのでは、男は少ししか女を好きでなくても性交してしまう恐れがある。それに対して女は、男に「好きだ」と言われても、さほど好きでないなら性交しない。

二人はすでにまぐはひの合意をしたとはいえ、コトは国生みという大事業なのである。一回二回のまぐはひで別れるようなカップルでは困るのだ。女はもちろん男が何度でも、

「この女とやりたい、まぐはひたい」

と思うような、強い思いで結ばれたカップルでなくては。

それには男のほうから好きになり、好きと言わねば……。

男尊女卑もさることながら、そういうことが経験的に知られていて、「良くない」ということになったのではないか。

イザナミは最初の子二人を混ぜると、計十六もの島を生んだ。続いて十七人も神を生む。『古事記』は合計三十五人生んだとも主張していて、数については諸説紛々だが、こんなに子供ができるほどの「みとのまぐはひ」をしても飽きない二人ではあったのだ。

が、さしものイザナミも最後に火の神を生んだため〝みほと〟…御性器…が焼けて臥《ふ》せってしまう。臥せってからも吐瀉物《としやぶつ》や糞尿から最後の最後まで子を生み続け、死んでしまう。

何歳からまぐはひ始め、何歳で死んだのかは分からないが、たとえば『源氏物語』

では明石《あかし》の女御《にょうご》が数え年十三、満十二歳で東宮を生んでいる。故加藤シヅエは次女のタキを四十八歳のときに生んだ。イザナミも十二歳から四十八歳までほぼ一年に一人生んでいったとしたら三十五人は生める計算にはなるが、苦しい。それ以前に国も生んでいるのだし。神と比べるのも畏《おそ》れ多いが、私なんぞは三十三歳の時、一人生むのがやっとだった。

イザナミ死後、残されたイザナキはというと、

「愛しい私の妻を、たった一人の子と引き替えにしてしまった」

と、妻の死因となった火の神の首を斬って（その血からも様ざまな神が生まれる）妻を黄泉《よみ》の国に追う。このへんは現代人の感覚とは大きくかけ離れたところだが、子より妻のほうが大事というのは、彼が父親であるからで、子は基本的に母方で育ち、母に属していた当時、父親の彼は子に対する執着が薄かったのかもしれない。

こうしてやって来たイザナキをしかしイザナミは、

「なんでもっと早く来なかったの。黄泉の国で食事しちゃったのに」

と言いつつも、

「愛しい我が夫の命《みこと》がいらしたことは畏れ多いので、帰るつもり。しばらく黄泉の神と談判してくる。そのあいだ、私を見ないで」

と中に入った。待ちきれないイザナキが約束を破って〝一つ火〟をともして入ってみたところ、イザナミのカラダにはウジがうわーんと音を立ててたかり、頭と胸と腹と性器と左右の手足に雷神が宿っていた。あまりの恐ろしさにイザナキが逃げると、イザナミは、

「私に恥をかかせたな」

と追っ手を放ち、最後には自ら追って、二人のあいだにそびえる大岩を境に、イザナキに言った。

「愛しい我が夫の命、あなたがこんなことをするなら、あなたの国の〝人草《ひとくさ》〟を一日に千人、くびり殺してやる」

イザナキは答えて言った。

「愛しい我が妻の命、あなたがそうするなら、私は一日に千五百の産屋《うぶや》を立てよう」

このようにして、一日に必ず千人が死に、千五百人が生まれるようになったと『古事記』は言う。

〝人草〟とは、人を草に譬《たと》えているのである。三浦佑之氏は「人間は植物として生まれた」という発想が『古事記』にはあるといい、「植物なのだから枯れて土に還るのは当然ではないか」と思うと「とても安心した気持になれる」（『古事記講義』文藝春

秋）という。

同感だ。

「愛しい私のあなた」と呼びあってまぐはった二人が、別れの時もなお「愛しい私のあなた」と呼びあう愛の残骸……。男女の性愛が国と神を生み、憎しみが人に死だけではなく生をもたらすという発想……。

神話はなぜ別れの時まで二人に「愛しい」と言わせるのか。「人の死と生」の起源が男女の離別にあったと説くのか。何よりも愛し合った二人に「別れ」という試練をもたらすのか。

それは激しく愛しあった二人であっても、別れの時は来るのであり、激しく愛しあったからこそ、別れるときも激しく罵《のの》りあうのであって、その激しい愛の名残が、別れの罵りあいの中になお「愛」という字で即物的に表現されているからだ。そして別れは破壊だけでなく、それを上回る新しいものを生み出すからだ。

『古事記』は大ウソの歴史物語と先に書いたが、それ以前に、人間の愛とまぐはひの真実が語られている神話なのである。衰弱した私の心を、限りない安寧に導いてくれたのは、神話が物語るそれらの真実であったに違いない。

2 禁断の姉弟婚

――アマテラスとスサノヲ

天照大御神詔、然者、汝心之清明、何以知。於是、速須佐之男命答白、各宇気比而生レ子。自レ宇以下三字以レ音。下効レ此。

故爾、各中二置天安河一而、宇気布時、天照大御神、先乞二度建速須佐之男命所レ佩十拳剣一、打二折三段一而、奴那登母々由良邇此八字以レ音。下効レ此。振二滌天之真名井一而、佐賀美邇迦美而、自レ佐下六字以レ音。下効レ此。於二吹棄気吹之狭霧一所レ成神御名、多紀理毘売命。此神名以レ音。亦御名、謂二奥津島比売命一。次、市寸島上比売命。亦御名、謂二狭依毘売命一。次、多岐都比売命。三柱。此神名以レ音。速須佐男命、乞下度天照大御神所レ纏二左御美豆良一八尺勾璁之五百津之美須麻流珠上而、奴那登母々由良爾振二滌天之真名井一而、佐賀美邇迦美而、於二吹棄気吹之狭霧一所レ成神御名、正勝吾勝々速日天之忍穂耳命。（上巻）

アマテラス大御神はおっしゃいました。

「それなら、あなたの心が清く美しいと、どうやって知るの」

そこでスサノヲノ命が答えて申すには、

「それぞれ〝うけひ〟…誓いを立て…て子を生もう」

そんなわけで、めいめい天《あめ》の安《やす》の河をあいだに挟み、誓いを立てる際、アマテラス大御神がまず、スサノヲノ命が腰に帯びた十拳《とつか》の剣《つるぎ》をもらい受け、三つに打ち折り、〝ぬなとももゆらに〟…玉の音もゆらゆらと…天の神聖な泉で振りすすぎ、嚙みに嚙んで吐き出した息吹で生じた霧から現れた神の御名はタキリビメノ命、またの御名はオキツシマヒメノ命といいます。次にイチキシマヒメノ命、またの御名はサヨリビメノ命といいます。次にタキツヒメノ命。

今度はスサノヲノ命が、アマテラス大御神の左の御髪《みぐし》の房に巻かれた、大きな勾玉がたくさんついた玉飾りをもらい受け、〝ぬなとももゆらに〟…玉の音もゆらゆらと…天の神聖な泉で振りすすぎ、嚙みに嚙んで吐き出した息吹で生じた霧から現れた神の御名はマサカツアカツカチハヤヒアメノオシホミミノ命（まさに勝つ私が勝つすばやく勝つパワーをもった天の偉大な稲穂の霊力、の意）。

七夕伝説のルーツ

王朝の七夕《たなばた》は、今のクリスマスイブのように、男と女が恋をうたい、本命との逢瀬《おうせ》を楽しんでいた。

そんな七夕はもともと、天《あま》の川《がわ》をはさんで向かいあう織女星《しょくじょせい》と牽牛星《けんぎゅうせい》が年に一度、川を渡って会うという中国の伝説が、日本在来の行事と結びついたものだが、川を隔《へだ》てて恋人が向きあうというのは、川に恋を隔てられているようでもあり、あの世とこの世を隔てる三途《さんず》の川《かわ》のように、男と女の世界の距《へだ》たりの大きさを暗示しているようでもある。

『万葉集』巻第十八にはこんな歌が載《の》っている。

〝天照《あまで》らす　神の御代《みよ》より　安《やす》の川《かわ》　中に隔てて　向かひ立ち　袖《そで》振りかはし　息の緒《を》に嘆かす児《こ》ら（以下略）〟…天照らす神の御代から、安の川を中に隔てて向かいあって立ち、袖振りあって、命の限り嘆く恋人たち…（四一二五）。

〝安の川　い向かひ立ちて　年の恋　日《け》長き児《こ》らが　妻問《つまど》ひの夜《よ》ぞ〟…安の川に向かいあって立ち、一年間、一日千秋の思いで恋い暮らした二人が、今日は逢う夜だよ…。

女神と男神が〝安の川〟を隔てて向かい立つという考えが『万葉集』にはあるのだ

が。そのルーツが『古事記』にあって、それが中国伝来の七夕伝説と結びついたのだと西郷信綱はいう（『古事記注釈』平凡社）。

しかしそれは、恋人どうしの逢瀬をうたう七夕伝説のルーツとしては、いかにも不似合いな神話なのだ。というのも、『古事記』で〝天の安の河〟を中にして向かい合った女神と男神というのは、天照大御神《あまてらすおほみかみ》（以下アマテラス）と建速須佐之男命《たけはやすさのをのみこと》（以下スサノヲ）で、彼らは姉弟神だからである。

神々の近親婚

アマテラスとスサノヲは、黄泉《よみ》の国から生還したイザナキが禊《みそぎ》をした際、最後に生んだ三貴神のうちの二柱《ふたはしら》だ。あとの一柱は月読命《つくよみのみこと》（以下ツクヨミ）で、イザナキは、

「アマテラスは高天原《たかまのはら》（よみについてはタカアマノハラ、タカマガハラなど諸説ある）、ツクヨミは夜の国、スサノヲは海原を支配せよ」

と命じる。

ところがスサノヲだけは国を治めず、ぼうぼうに伸びたヒゲが胸に垂れるほどの年になっても泣きわめいていた。

「なんでお前は国を治めずに泣いてばかりいるんだ」

と父が聞くと、スサノヲは答える。

「母の国に行きたくて泣いている」

これを聞いたイザナキは〝大《おほ》きに忿怒《いか》りて〟、

「それならお前はここに住んではならん」

と、追放してしまった。

と神話は言う。

と、ここまで読んで、え？ と思った人は鋭い。

なぜならイザナキが禊によって単独で生んだはずのスサノヲに、母がいるのはおかしい。

そして息子が母を慕って泣けば、ふつうの父親なら慰めるだろう。それを激怒して追放するという冷酷な目に遭わせたのは、本当はアマテラスをはじめとする三貴神もイザナミが生んだという、神話の編者としては触れられたくないタブーに触れられたからではないか。

アマテラスとスサノヲはここからはっきりと「同母姉弟」であることが分かるだろう。

そして、追放されたスサノヲが姉にいとまごいをしに、高天原に向かうと、姉のア

マテラスは、

「弟は私の国を奪いに来たのだ」

といきなり疑う。ふだんから疑われるような所行の絶えぬ弟だったのか。アマテラスは男装し、鎧《よろい》を着用して武器を背負い、堅い土の庭に股が埋まるまで踏みこんで、地面を淡雪のように蹴散らした。四股《しこ》を踏むほどの凄い力を、男装することで得たのである。そして弟が事情を話しても信じず、

「それならお前が潔白だってこと、どう証明するの」

と言った。するとスサノヲは、

「めいめい〝うけひ〟をして子供を生もう」

と申し出たのである。

〝うけひ〟とは、たとえば「この矢が当たったほうが天下をとる」といった条件を出して、神意を占うものだが、ここではその条件が出されていない。

しかも潔白を証明するためになぜ子作りせねばならないのか。

子作りするには〝まぐはひ〟だってするわけだし。

二人は繰り返すが、同じ母から生まれた姉と弟なのに。

さっきまで四股を踏むほど姉は怒っていたのに。

四股の次になぜ子作りなのか。

ところが二人がダイレクトに〝まぐはひ〟したとは描かれない、その代わり〝天《あめ》の安《やす》の河《かわ》〟をあいだにはさんで立った、と神話には描かれる。織《しょく》女《じょ》と牽牛《けんぎゆう》のように。そしてまずアマテラスがスサノヲの剣をもらい受け、それを三つに打ち折り、聖なる泉ですすいで、嚙《か》みに嚙んでぷーっと吹き棄《す》てた息吹の霧から成ったのは三柱《みはしら》の女神だった。剣を嚙んだりして歯が欠けまいかと、私などは心配になるが……。

一方のスサノヲはアマテラスが左の髪に巻いた勾玉《まがたま》の髪飾りをもらい受け、聖なる泉ですすいで嚙みに嚙んで吹き出した息吹の霧から成ったのは天孫《てんそん》の父、正勝吾勝々《まさかつあかつかち》速日《はやひ》天之《あまの》忍穂耳命《おしほみみのみこと》、その後、右の髪飾りの珠《たま》、かづらに巻いた珠、左手に巻いた珠、右手に巻いた珠……と次々アマテラスの持ち物をもらい受けて、男神五柱《いつはしら》を成していく。この、アマテラスが装飾品を髪や肌から次々と外し、男に渡し、それを男が口に含む様は、想像すると、なにかヒジョーにエロティックなものがある。

勾玉とは、胎児のような、ジェリビーンズのような形をした玉で、真ん中に穴が開いている。

姉のアマテラスが弟の剣を受け入れて、弟のスサノヲが姉の穴あきの玉を受け入れる。

剣と玉……。

これは間違いなく男性器と女性器を象徴していよう。剣を噛み、玉を噛むということは、それらが象徴する性器と合体することを意味するだろう。だから剣を噛んでも歯は折れないのだ。

二人は姉弟ではあったが、まぐはひした。ここが七夕《たなばた》伝説に結びつく一つの要因であろう。

こうして生まれた子供たちを見て、アマテラスは言った。

「あとから生まれた五人は、私の〝物実《ものざね》〟…素材…によって生まれたのでわが子。先に生まれた三人はお前の〝物実〟によって生まれたからお前の子だ」

この理屈もよく分からない。

五人はスサノヲが生んだ子だが、それはアマテラスの持ち物（玉）を種にして成された子なので、生んだ本人より、子種を提供したアマテラスに属するというのである。ふつう、生んだ側に帰属するだろうに……。

が、もっと分からないのは、次にスサノヲが、

「私の心が潔白だから、私の生んだ子は女の子だったのだ。私の勝ちさ」

と宣言すること。そもそも女の子を生んだら潔白という条件などどこにも提示されていなかったのに。

さらに妙なのは、勝ちの勢いに乗じたスサノヲがアマテラスの田を荒らし、大嘗殿《だいじようでん》に〝屎《くそ》〟をし散らした上、アマテラスが機織《はたお》り室にこもって神の御衣《みそ》を織っているときに、天井から皮を逆さに剝《は》いだ馬を投げ入れたので、天《あめ》の服織女《はとりめ》が驚いて、機織り道具で性器を衝《つ》いて死んでしまったこと。いくら驚いたからといって、よりによって性器を衝いて死ぬということがあろうか。機織り道具を性器にあてがっていたとしても考えにくい話ではある。しかも『日本書紀』によるとアマテラス自身が驚いて機織り道具で〝身〟を〝傷〟めたとある。アマテラスはここでは機織女でもあって、これも七夕の織女伝説と結びつく要因だろうか。

七夕伝説だけではない。

よく指摘されるように二人の関係はギリシア神話のデメテルと弟のポセイドンに似ている。ポセイドンはスサノヲと同じく海の支配者だ。アルカディア地方に伝わるギリシア神話では、この弟に犯されそうになったデメテルはメス馬に変身して隠れるが、それを見破ったポセイドンはオス馬に変身し、彼女を犯した。すると憤慨したデメテルは、黒衣を身にまとい、「岩屋の奥に隠れてしまい、世界を飢饉《ききん》に陥れ、人類を苦しめ神々を困惑させた」(吉田敦彦『日本神話の特色』青土社)。

また別系統の神話では、デメテルは娘を、これまた弟でもある冥界《めいかい》の神ハデスに奪われた怒りとショックで食事もしなかった。そのときバウボという女が着物をまくり、女性器を剝《む》き出しにしておどけて見せたのでデメテルは笑い、食事をとったという。

これまたスサノヲの暴虐に怒ったアマテラスが天の岩屋にこもったため世が暗黒になり、災いに満ちたので、神々が相談の上、天宇受売命《あめのうずめのみこと》(以下アメノウズメまたはウズメ)のストリップで神々を笑わせ、アマテラスを呼び戻したという『古事記』『日本書紀』の話とそっくり。アマテラス神話には、明らかにギリシア神話の影響が認められる。

そこから推すに、アマテラスも、投げ入れられた馬に象徴されるスサノヲに犯されたのだと私は思う。

その怒りで岩屋にこもったのだ、と。

とすると二人は、
1、同母姉弟相姦、
2、それも男装した姉と弟の交合、
3、弟による姉の強姦と殺傷、

を体験したことになる。

しかも天の服織女（あるいはアマテラス）の性器損傷による死は、スサノヲが馬並みの持ち物で、濡れてもいない女の性器をムリヤリこじ開け傷つけて、死に至らしめたということなのではないか。あるいはその心を殺してしまうほどのショックを与えてしまったということになるのでは……。

近親婚のタブーと悲劇

古今東西、同じ母から生まれた兄妹姉弟の結婚は、タブーだった。ところが神話では、洪水などで最後に生き残った兄妹や親子が性交し、人類の始祖となったという話が多い。ギリシア神話では大地の女神ガイアから生まれた天空神ウラノスは母と結婚して、神々が生まれた。

旧約聖書のアダムと、そのあばら骨から生まれたイヴも明らかな兄妹だ。

古代エジプト王家では実際に近親婚が行われていたが、これもエジプト神話の兄妹夫婦であるオシリスとイシスが原形で、

「同母兄妹婚は人類最大のタブーなので、神のみに許される特権として、神性を表している。古代エジプト王家で、同母兄妹婚が繰り返されていたのも、大衆とは違う王

家の神性を示すため」

と友人の海洋民族学者の岩淵聡文氏は教えてくれた。ファラオは人ならぬ神という位置づけなので、同母兄妹婚が許されていたわけだ。

『古事記』『日本書紀』にも兄妹婚は多い。

〝みとのまぐはひ〟によって国生みと神生みをしたイザナキとイザナミも兄妹神で、『日本書紀』の一書第一によると、二人はともに〝青橿城根尊《あをかしきねのみこと》〟という女神の子供とあって、同母兄妹だ。

「同母」というところがミソで、異母兄妹なら、子供は母方で育つから結婚しても問題はない。別々に育つのだから他人みたいなもので、母系型社会が主流の古代では多く行われていたことだ。

けれどもイザナキとイザナミは同母兄妹。その結婚は、エジプト王家のケースと同じく、おそらくは神ゆえの特権と太古は考えられていたのだろう。

が『古事記』ができる頃には、天皇家であっても同母兄妹婚はタブーとなっていた。それで天皇家に直結するアマテラスに関しては、イザナキとイザナミのようにダイレクトに同母兄妹婚をしたとは言えなかったのかもしれない。

『古事記』『日本書紀』には、人の世になっても、垂仁《すいにん》天皇の后沙本毘売命《さほびめのみこと》と兄の沙《さ》本《ほ》昆《び》古王《このみこ》、允恭《いんぎょう》天皇の子の木《き》梨之軽太子《なしのかるのおほみこ》と軽大郎女《かるのおほいらつめ》（衣通郎女《そとほりのいらつめ》、衣通王《そとほりのみこ》）といった兄妹姦が出てくる。

が、人の世の兄妹姦が許されることはない。

三浦佑之氏は『古事記』『日本書紀』に兄妹婚が繰り返され、しかもタブーと言いつつ、美しい悲劇として語られているのは「なぜなのか」と言っていて、それは「いちばん根源的な男と女というと、やはり兄妹」だからではないか、「始原の世界にたった二人の男と女と考えると、兄妹が結婚して子供を作るということも説明しやすいのかもしれない」と言っていた（「本の話」二〇〇三年八月号、文藝春秋）。

言えてるかも。

同じ近親姦でも、かなり年上の兄とか、娘にとって圧倒的強者である父だとかは「相姦」というより「強姦」のイメージが強くて、おぞましさのほうが先立つが、姉弟とか双子とか、年の近い兄と妹なら「相姦」になったり、愛しあっても、おかしくないかもしれない。

一見、不仲なアマテラスとスサノヲが七夕《たなばた》伝説と結びついたのも、兄妹婚の美しい悲劇というイメージがどこかに潜んでいたからだろうか。

3

裸踊りで引きこもりを癒す

――ウズメと猿田彦

天宇受売命、手次繋二天香山之天之日影一而、為レ縵二天之真析一而、手草結二天香山之小竹葉一而、訓二小竹一云二佐々一。於二天之石屋戸一伏二汙気一此二字以レ音。而、蹈登杼呂許志、此五字以レ音。為二神懸一而、掛二出胸乳一、裳緒忍二垂於番登一也。爾、高天原動而、八百万神共咲。

於是、天照大御神、以二為怪一、細二開天石屋戸一而、内告者、因二吾隠坐一而、以二為天原自闇、亦、葦原中国皆闇一矣、何由以、天宇受売者為レ楽、亦、八百万神諸咲。爾、天宇受売白言、益二汝命一而貴神坐故、歓喜咲楽。如此言之間、天児屋命・布刀玉命、指二出其鏡一、示二奉天照大御神一之時、天照大御神、逾思レ奇而、稍自レ戸出而、臨坐之時、其所二隠立一之天手力男神、取二其御手一引出、即布刀玉命、以二尻久米此二字以レ音。縄一控二度其御後方一、白言、従レ此以内不レ得二還入一。故、天照大御神出坐之時、高天原及葦原中国、自得二照明一。（上巻）

アメノウズメノ命が、天香山《あめのかぐやま》のヒカゲカズラを襷《たすき》にかけて、天《あめ》のマサキ（蔓草）を髪飾りにして、天香山の笹の葉を束ねたものを手に持って、天石屋戸《あめのいわやと》に桶を伏せ、踏みとどろかし、神懸かりして、乳房を掻き出し、裳の紐をほどいて〝ほと〟まで押し垂らしました。

すると高天原がどっと揺れ動いて、八百万《やおよろず》の神々が一斉に笑いました。そこでアマテラス大御神は「おかしい」と思い、天石屋戸を細く開いて、中からおっしゃるには、

「私が隠れているせいで、高天原はしぜんと暗くなって、それに葦原中国《あしはらのなかつくに》だって真っ暗闇だと思うのに、どうしてアメノウズメは歌い踊って、しかも八百万の神は皆、笑っているの」

そこでアメノウズメが申して言いました。

「あなた様よりも偉い神がいらっしゃるので、喜び笑って、歌い踊っているのです」

そんなやりとりのあいだに、アメノコヤネノ命とフトタマノ命が用意した鏡を差し出して、アマテラス大御神にお見せすると、アマテラス大御神はますます不審に思って、少しずつ戸から出て、鏡に映るお姿をお覗きになるその時に、隠れ立っていたア

メノタヂカラヲノ神がその御手を取って引き出すと、すぐにフトタマノ命が注連縄《しめなわ》を天照大神の後ろに引き渡して申しました。

「ここから中へお戻りになることはできません」

こうしてアマテラス大御神がおでましになった時、高天原も葦原中国もしぜんと明るくなったのです。

未開社会のほうが心を病みがち？

歯科心身症を患って、だるくて頭も洗う気にならなかった頃、「心を病むのは暇だから。贅沢病、文明病だよ。チベットかアマゾンの奥地にでも行けば治っちゃうよ」

などと言う人がいた。

そうだろうか。

と疑問に感じていたが、実際にアマゾンで暮らしたことのある友人の海洋民族学者の岩淵聡文氏によると、むしろ未開社会のほうが心を病んでいる人は多いくらいだという。アマゾンの奥地などには、心を病んで祈禱やお香の治療を受けている人がごろごろしているそうだ。

おおらかといわれる古代人だが、『古事記』にも心の病と思しき症状が多い。ただ『源氏物語』のようにストレスから病にいたる詳しい心理描写がないだけで、スサノヲが母を慕って泣きやまなかったのも、8に出てくる垂仁《すいにん》天皇の皇子の本牟智和気御子《ほむちわけのみこ》がやはり泣いてばかりで口をきけなかったのも、母が非業の死を遂げたことによる心の傷からきているだろう。アマテラスが天岩屋戸《あめのいわやと》にこもってしまったのも、どう見てもスサノヲから受けた心の傷から来ている。

国を奪うのでは？　というアマテラスの疑いを晴らすため、スサノヲはアマテラスとの「子作り」を提案し、同母姉弟である二柱《ふたはしら》の神は子を作った。アマテラスはスサノヲの剣を受け取り、三つに折って、玉の音もゆらゆらと天の聖なる泉ですすいで、嚙《か》みに嚙んで、ぷーっと吹き出した息吹から三柱の女神が生まれた。スサノヲはアマテラスから勾玉《まがたま》の髪飾りや腕輪を受け取って、嚙みに嚙んでぷーっと吹き出した息吹から五柱の男神が生まれた。

前章でもふれたシーンだが、あらためて読み返すと、これほど美しく幻想的にまぐはひと命の誕生を描いた文学があるだろうかと、目を見張る思いになる。

まぐはひとは、こんなに清浄で、荘厳で、神秘的なものだったのか。

愛がなければ、こんなまぐはひと子作りはできないだろう。

スサノヲに邪心はなかったのだ。

と、読んでいて、目頭が熱くなる。

だが。

その美しいまぐはひのあとには、むごたらしい惨劇が待っていた。

「私の心が清く潔白だから、女の子ができた。だから私の勝ちだ」

スサノヲはよく分からない理屈をこねて、姉の神田を荒らし、大嘗殿《だいじょうでん》に〝屎《くそ》〟をし散らすのだ。

その幼稚にも見える暴虐を、しかしアマテラスは、〝とがめず〟に言った。

「糞のようなものは酔って吐き散らそうとして〝我《あ》が那勢之命《なせのみこと》〟がしたのでしょう。田のあぜを壊し、溝を埋めたのは、土地がもったいないからというので〝我が那勢之命〟がしたのでしょう」

口に出した言葉の通りに現実が動くという「言霊信仰《ことだま》」が生きていた時代、アマテラスは悪い事態を良い状態に変えるために、良く解釈して言い直した。

そして〝我が那勢之命〟（私のいとしい君）と自分に言い聞かせることで、弟であり夫ともなったスサノヲを信じ愛そうとしたのだろうか。彼らの両親だったイザナキとイザナミも別れのときまで〝愛《うつく》しき我《あ》が那邇妹命《なにものみこと》〟〝愛しき我が那勢命《なせのみこと》〟と呼び交わしたものだ。

鬱になったアマテラス

が、スサノヲは、アマテラスを「いとしい君」とは呼び返さない。それどころかその悪行はますますエスカレートした。

アマテラスが潔斎して機織《はたお》り室にこもって神の御衣《みそ》を織っているとき、天井に穴を開け、皮を逆さに剝《は》いだ馬を投げ入れたのである。そのとき天の服織女《はとりめ》は驚いて、機織り道具で性器を衝いて死んでしまった。『日本書紀』によると機織り道具で〝身を〝傷《いた》〟めたのはアマテラス自身ともいい、類似のギリシア神話から見ても、アマテラスはスサノヲに強姦されて陰部を傷つけられ、死んだと考える人も多い。

ついさっき、あれほど清浄感に満ちた子作りをしたスサノヲが、なぜアマテラスにこのような嫌がらせをするのか。のちにスサノヲの子孫である大国主神《おほくにぬしのかみ》が国作りをし、その国を結果的にはアマテラスの子孫が乗っ取ることを思うと、侵略者としてのアマテラス側の立場を正当化するという、神話作者の政治的な意図もあるのだろう。つまり、アマテラスの子孫がスサノヲの子孫の国を乗っ取ったのは、もともとスサノヲの悪行に原因があったと言いたいのかもしれないが、男女の愛が憎悪に転じた瞬間を描いているかにも読める。

『古事記』に従えば、ショックを受けたアマテラスは、天石屋戸《あめのいわやと》を開いて引きこもりになってしまった。これもいったん死んだことを意味するというが、文字通り読めば、心に傷を負って、

「誰にも会いたくない。食事もしたくない。一人になりたい。何もしたくない」

という鬱《うつ》状態になってしまった、と取れる。まぐはひの思い出が清く美しいだけに、アマテラスの傷心は、痛々しいものがある。

アマテラスは太陽神なので、天岩屋戸にこもったことで、天地は暗黒になり、〝万《よろづ》の妖《わざはひ》〟が起きた。そこでアマテラスとスサノヲが子作りをした川でもある天《あめ》の安《やす》の河《かわ》の河原に〝八百万《やほよろづ》の神〟が集い、思金神《おもひかねのかみ》に対策を考えさせた。その結果、鶏を集めて鳴かせ、大きな鏡と勾玉《まがたま》を作り、榊《さかき》に付けて御幣《みてぐら》として布刀玉命《ふとたまのみこと》（以下フトタマ）に持たせ、天児屋命《あめのこやねのみこと》（よみについてはアメノコヤノミコトとも。以下コヤネ）が祝詞《のりと》を唱え、天手力男神《あめのたぢからをのかみ》が戸の脇に隠れることにした。

そしてアメノウズメがヒカゲカズラをたすきにかけ、アメノマサキという蔓草《つるくさ》を髪飾りに、手には笹の葉を巻いて、天岩屋戸の前にオケを伏せてそれを踏みとどろかし、〝神懸《かむがか》り〟して〝胸乳《むなち》〟をかき出した。そうして裳《も》の腰ヒモを〝ほと〟まで押し垂らした。ストリップの元祖とも言われる有名な場面である。

すると高天原《たかまのはら》（よみについてはタカアマノハラ、タカマガハラなど諸説ある）がどよめいて、〝八百万《やほよろづ》の神〟がいっせいに笑った。外の楽しそうな様子に、アマテラスは不思議に思って、聞いた。

「私がこもって天地が暗くなっていると思ったのに、なぜアメノウズメは〝楽《あそび》〟…

神楽《かぐら》…をして、神々は笑っているのか」

「あなたよりもっと貴い神がいらしたので、喜び笑い楽しんでいるのです」

ウズメが答えた。そのときすかさずフトタマとコヤネが鏡を持ち出し、アマテラスに向けたので、ますます不思議に思ったアマテラスが戸から少し出てきたところを、隠れていた天手力男神が手を取って引きずり出し、フトタマが戸の前に縄を張って、

「ここから中に戻ることはできませぬ」

と言った。こうしてアマテラスは復活し、天地は明るくなった。八百万の神の協議の結果、スサノヲが賠償品を科せられ、ヒゲと手足の爪を切られて、追い払われたのはこの直後である。

ストリップは笑えるか

神々の行動は、心的外傷ゆえにカラダごと衰弱して引きこもりになったアマテラスに、外部から刺激を与えることで、痛みに集中するアマテラスの心を、心と連動して引きこもっているカラダから引き離し、アマテラスを正常に戻したように私には思える。

ひどく病んでいるとき、好きな『源氏物語』も読めなかった私が、『古事記』だけ

は読めたのは、『古事記』にはこのように心を病んだ者を的確に癒《いや》す物語が綴られていたからかもしれない。心の傷には、カウンセリングよりも行動療法や面白い出し物で笑いを取り戻すほうが効くことを、古代人は体験的に知っていたのだ。

気になるのは、アマテラスの引きこもり解決で中心的な役割を担ったウズメの踊りだ。ウズメはなぜストリップまがいのことをしたのか。ストリップにどんな威力があるのか。だいいちストリップは笑えるのか。

笑えまい。

機会があって私は、ストリップを見に行ったことがあるが、女は私だけで、みんなじいっと踊り子に見入っていて、笑っている人は一人もいなかった。もちろん私も笑えなかった。若くて可愛い女が裸&笑顔で踊るのを見れば、元気になるだろうとは思ったが……。

観客の反応を含めて考えるなら、ストリップというより私は、学生時代に長野県の下伊那地方で見た遠山の霜月祭や、静岡県の水窪《みさくぼ》町で見た西浦《にしうれ》の田楽、愛知県の花祭の一部の舞が、ウズメの踊りに近いと思った。

こうした神楽《かぐら》・田楽には必ずエッチな場面があって、見物人はどっと笑う。その感じが近い気がするのだ。

たとえば西浦の田楽には、猿の夫婦に扮した二人がスケベな動作をする「猿の舞《まい》」がある。

猿に扮した二人は共に猿面をかぶっていて、ほっかむりをした姿だけでも素っ頓《すとん》狂《きょう》なのに、メスは榊《さかき》のようなモノを持ち、股のところに文字通り取ってつけたような楕円形の陰部をヒモでくくりつけ、それが微妙な動きをするものだから、おかしいことこの上ない。

しかしこれが本当の人間で、ナマのそれを出していたら、笑えるかというと、笑えまい。昔、新宿二丁目のバーで、酔ってパンツを脱いではしゃぐ男を見たことがあるが、とても笑えなかった。むしろ恐ろしかった。女のそれだって……とも思う。

愛知の花祭でも「おつるひゃら」（おつりひゃら、などとも）と呼ばれる卑猥《ひわい》な舞があって、ここでは妊《はら》み女の格好をしたおかめの面の一人がスソをはだけて、味噌を塗った大根かしゃもじを持ち、ひょっとこ二人と、奇妙なしぐさで動き回り、見物人に味噌を付けたりする。大根は男根を象徴しているらしく、見物人はみんな大はしゃぎだ。大根だから良いものの、本物だったら……。この舞ではその後、無表情な女の面をかぶった黒衣の巫女《みこ》が、右手に鈴、左手に御幣《みてぐら》を持って登場するのは、いったん死んだアマテラスが岩屋戸から現れ出る場面なのだろう。一連の舞は「岩戸明け」とも呼ばれる。『古事記』の場面を模したものなのだから、私が似ていると感じるわけである。そもそも天岩屋戸《あめのいわやと》の神楽は、こうした地方の田楽や神楽を含めた、日本の芸能の祖とも言われているのだから。

天岩屋戸の場面は太陽の死と再生を現しているとよく言われるが、やはりウズメのストリップまがいの所作は、死んでしまった（心だけかもしれないが）アマテラスの魂を鎮めるため、心を慰めるためのものだったのだろうか。

しかしよく読むと、アマテラスはウズメのストリップを見てはいないのだ。ストリップを見たのは、アマテラスの不在に悩む〝八百万《やほよろづ》の神〟で、アマテラスはただコヤネの祝詞《のりと》と、神々の笑いを聞き、鏡に映る自分の姿を垣間見たに過ぎない。すべては思金神《おもひかねのかみ》のシナリオによってアマテラスを引き出すため進んでいるのだ。ウズメのストリップに神々が笑ったのもそれがアマテラスをおびき出す「演技」だからで、「笑うこと」も劇の演出の一つというか、演技の一つだったとも取れる。

だいたい『古事記』そのものが、古代芸能の台本だったという説もあるくらいで、役者なんだもの、笑うのも笑わせるのもお手の物だろう。

が、なんで脱ぐの？　という問題がある。

今だと、演劇でも、陰部を見せたら警察につかまる。なのにストリップはなんでオッケーなのか、よくわからないが、歌舞伎などの伝統芸能では差別語も許されているように、もしやアメノウズメ以来の伝統芸能ということで許されているのだろうか……。

今でも地方に残る田楽や神楽には、先も触れたように下ネタがつきもので、おかめの面をかぶったウズメ役の男が、天孫降臨で道案内をつとめた国つ神、猿田毘古大神《さるたびこのおほかみ》役の天狗《てんぐ》面の男と、まぐはひめいたしぐさをする。芸能の目的は本来、鎮魂であるというが、下ネタで笑わせることが鎮魂であり、芸能なのかなとすら思えてくる。

鎌倉初期の『宇治拾遺物語』（一二二一年前後）七四によると、〝世になきほどの猿楽《さるがく》〟の名人が、ミカドの御前で披露した芸も下ネタだ。猿楽とは滑稽な芸能のことで、能楽の祖ともなった。その猿楽の名人がいかにも寒そうに、ひざをももまでかき上げ、細脛《ほそはぎ》を出して、

〝ふりちうふぐりを、ありちうあぶらん〟

と言って、庭火の周りを十回、走り回った。すると身分の高下を問わず、全員がどよめいた。大受けしたのだ。

下ネタが一番笑いをとりやすいのは確かで、笑いが心を癒すのも確かである。けれ

ども、ここでも演者は本当にふぐりを出したわけではなく、足を高く上げ、細脛を出すというポーズとセリフで、ふぐりを出した「ふり」をしているだけだ。

ウズメももしや実際に胸や陰部を出したわけではなく、歌やポーズでその「ふり」をした可能性もあるのではないか。

もっとも昔はパンツなんてないから、陰部も日常的に顔を覗《のぞ》かせがちで、ウズメのような神話時代には、生々しさも少なかったということもあるのかもしれないが……。遠い古代の鎮魂儀礼は、現代人が考えるよりずっと猥雑なもの、地方の田楽や神楽の卑猥な舞に近いものだったに違いない。

『日本書紀』で脱ぐのは

が、実は、天岩屋戸《あめのいわやと》でウズメのストリップまがいの行為が描かれるのは『古事記』だけで、『日本書紀』ではウズメは〝巧みに俳優《わざをき》を作《な》す〟つまり上手に演技をして、オケを伏せて神懸りしたとだけしか書かれていない。

『古事記』『日本書紀』から百年近くあと、祭祀《さいし》を司《つかさど》る斎部《いんべ》（忌部）氏が書いた『古《こ》語拾遺《しゅうい》』（八〇七年）でも、ウズメはオケを伏せ、庭火をともして〝巧みに俳優を作し〟て神々と歌い舞ったとあるだけだ。

では両書にウズメのストリップが描かれないのかというとそうではなく、天孫降臨《てんそんこうりん》の場面に、それはある。

スサノヲの子孫の大国主神《おおくにぬしのかみ》から国を譲らせた神々は、アマテラスの孫である天津日《あまつひ》高日子番能邇々芸能命《たかひこほのににぎのみこと》を降臨させようとした。ところが、天でたくさんの道が分かれた交差点に、一柱の神が居座っていた。神々は皆、この神と目を合わせて勝つことができず、何も尋ねることができなかった。そこでアマテラスはウズメに、

「お前は敵対する神に面と向かって勝つ神だ。行って尋ねてこい」

と命ずる。ここまではだいたいどの本も同じだが、ここからが少し違う。

『古事記』ではウズメが問うと、あっさり神は正体を現したので、天孫降臨となる。

一方、『日本書紀』の神代下第九段一書第一と『古語拾遺』では、アマテラスに命じられたウズメは〝胸乳《むなち》を露《あらわ》にし、裳《も》帯《ひも》を臍《ほそ》の下に抑《おした》れて〟、つまり『古事記』の天《あめ》岩屋戸《のいわやと》の場面に描かれたのと同じ格好をして、大笑いして神に向かいあって立つ。すると分かれ道の神は思わず口を開いて、

「アメノウズメ、お前は何でそんなことをする」

と問うた。ウズメは、

「こんなところにいるあんたこそ誰」

と問い返して、彼が「猿田彦大神《さるたひこのおほかみ》」という名であることを聞き出した。ウズメはまた、

「お前が私の先を行くか。それとも私がお前の先を行こうか」

と猿田彦に問い、さらに、

「お前はどこに向かおうとするのか。皇孫はどこに向かわれるのか」

と尋ねる。猿田彦は、

「天孫は日向《ひむか》の高千穂、猿田彦は伊勢の五十鈴《いすず》川の川上に着くことになる」

と答えて、先導してウズメを道案内することになった。そして、

「私を〝発顕《あらは》〟したのはお前だ。だからお前が私を送り届けなさい」

と求めてウズメと共に伊勢へ赴《おもむ》く。その縁でウズメは〝猿女君《さるめのきみ》〟という名をもらうことになった。田楽や神楽《かぐら》で、ウズメ（猿女）と猿田彦の卑猥《ひわい》な舞が見られるのは、彼らが夫婦と考えられていたからである。

が、一連の会話は非常に不自然で、これによると天孫一行は国つ神の猿田彦に降臨地を決めてもらったことになる。一方、猿田彦自身は、五十鈴川の上流という、ズバリ伊勢神宮のあるところに鎮座する。すべては猿田彦の「ご託宣《たくせん》」のままで、その託宣を引き出したウズメのシナリオで事が運んでいるかに見えるのだ。

『古事記』によるとウズメは、猿田彦自身に命ぜられて猿田彦を伊勢に送るのではな

く、天孫に命じられて猿田彦を送っている。そして猿田彦は、伊勢の海で漁をしているとき、貝に手を挟まれて溺れ沈んでしまう。その後、ウズメは魚を集め、忠誠を誓わせる。土地の支配者の猿田彦なきあと、民の心を試したのだ。

天孫降臨でここまでクローズアップされる猿田彦とは何者なのか。

『日本書紀』や『古語拾遺』に描かれる猿田彦の姿は、巨大な鼻、輝く口と尻と目で、座っている巨大な化け物だが、『古事記』の猿田彦は、ただシンプルに、

〝上は高天原《たかまのはら》を光《てら》し、下は葦原中国《あしはらのなかつくに》を光す神〟

という。

天地を照らす神なわけで、つまり太陽神ということになる。

じっさい猿田彦が、アマテラスの現れる以前の古い太陽神であると主張する人は多い。私も同感だ。

そして天孫降臨の際には、彼はすでに天孫たちに殺されるかして、死んでいたのではないかと思う。

猿田彦がすでに死んだ神だと思うのは、彼がわざわざウズメに「現されている」からで、生きてそこにいるなら現す必要はあるまい。

というのも平安中期の文献には、物の怪《もののけ》がよく出てくるのだが、このとき病人に憑《つ》

いた物の怪を、加持祈禱で、〝よりまし〟と呼ばれる霊の媒介者に移し、さらに問答によって物の怪の正体を「現す」という作業をする。

たとえば『源氏物語』「葵」巻では、光源氏の正妻の葵の上《あおいのうえ》は、妊娠中に物の怪に憑かれて病になるが、祈禱によってたくさんの物の怪や生き霊が名乗りをする中、ひとつだけ正体を現さぬ〝もの〟があった。それが〝いみじき験者《げんざ》〟〝やむごとなき験者〟たちの祈禱でさすがに音《ね》を上げて、

「光源氏と二人きりで話がしたい」

と初めて口を開く。そして光源氏と二人きりになったところで、その声色と話の内容で、光源氏の愛人の六条御息所《ろくじょうのみやすどころ》であることが明らかになる。

天孫降臨で展開されるウズメと猿田彦の問答もこれではないか。誰も正視できず、正体を現せなかった神に口をきかせ、猿田彦と名乗らせたウズメは〝いみじき験者〟だったのだ。

思うにウズメのストリップまがいの行為は、猿田彦という死んだ太陽神を現すために披露される特別な所作だったのではないか。

もちろん天岩屋戸神話は基本的には傷ついたアマテラスを正気に戻すのが話の主眼とは思うが、もう一つ、「猿田彦殺し」を再現した上で、彼の魂をなだめる鎮魂のた

めの演劇という意味もあるのでは？

猿女君《さるめのきみ》は、宮廷の鎮魂儀礼に携わる女性を出した氏族である。天岩屋戸の場面は太陽の死と再生を現しているとよく言われるが、『日本書紀』や『古語拾遺』はともかく、『古事記』で再現されたのは猿田彦の死で、ウズメの舞は猿田彦鎮魂の意味があったのではないか。

というのも『古事記』では、アマテラスに鏡を〝示〟すと、アマテラスが〝奇《あや》し〟と思ったという、他書にない記述がある。鏡を知らない者の悲喜劇である「松山鏡」のようだが、国つ神ならともかく、渡来神であり先進地から来た天つ神の王であるアマテラスが鏡を知らないわけがない。

鏡に驚く神は国つ神でなければならない。

その神は猿田彦であり、彼は己の光を身に受けて死んだという設定になっていると私は思う。

鏡が悪霊退治に使われるのは、見た者を石に変えるギリシア神話の化け物メドゥサが、鏡を向けられて殺された話からも伺えるが、『常陸国風土記』〝久慈《くじ》の郡《こほり》〟にも、昔、猿の鳴き声を現す〝古々《ここ》〟という村の東の山に〝石の鏡〟があって、それを〝魑《お》魅《に》〟が集まって見たところ、魑魅はしぜんと去った。土地の人は〝疾《と》き鬼も鏡に面《むか》へば自《おのづか》ら滅ぶ〟と説明しているという。天岩屋戸劇で鏡が使われたのも鬼退治の意味があるのではないか。その対象は実は猿田彦、ひょっとしてアマテラス以前にもたくさんいた太陽神たちかもしれない。

古代中国には、太陽は地中に十個あって、毎日一つずつ交替で地上に現れては没するという考え方があった（萩原秀三郎「神楽の誕生」……岩田勝編『神楽』名著出版、所収）。

古代人にとって、朝に昇って夕に沈む太陽は、一つではなかったのである。猿田彦はおそらく天孫降臨の時にはすでに伊勢に祀られる古い太陽霊だったのだ……。

隠れる話、現す話

さてウズメのストリップだが、レヴィ＝ストロースによると、エジプト神話でも、後継者を決める会議中、ふてくされてその場にひっくり返った太陽神のラーに、娘のハトホルがすそをめくって性器を見せた。それで父の太陽神は笑い、起きて会議に戻ったという話があるという。

朝に現れ、夕に沈むという性質から、また日蝕《につしよく》という現象からか、太古の気候変動の記憶からか、太陽神話には必ず「隠れる話」と、それをなだめて「現す話」がある。

その際、決まって女の陰部を見せる話が語られるのは、

「ほらこうして出てきてくださいよ」

と、陰部を太陽に見立てて、隠れた太陽が現れる様を示すのだろう。けれどそれは、太陽神に見せるというより、太陽神の不在によって不安になった者たちに見せるために演じられた。

天岩屋戸《あめのいわやと》も天孫降臨《てんそんこうりん》の場面も、

「もうすぐこうして太陽は出てくるよ」

と見る者の心の安定をはかり、大丈夫、明日も元気に行こうと心奮いたたせ、新たな日常に戻るために演じられたのだろう。

芸能の起源は、弱った心身を活性化させ、日常に戻らせるところにあるだろう。ウズメのストリップによって元気になるのは太陽神ではなく、太陽を心待ちにする人たち、「明けない夜はない」という言葉を必要としているような、心弱いすべての人たちなのである。

4

女から誘うエロい歌

——大国主神と女たち

爾、其后、取二大御酒坏一、立依指挙而、歌曰、

八千矛《やちほこ》の　神の命《みこと》や　我《あ》が大国主《おほくにぬし》　汝《な》こそは　男《を》にいませば　打ち廻《み》る
島の崎々《さきざき》　掻《か》き廻《み》る　磯《いそ》の崎《さき》落ちず　若草の　妻《つま》持たせらめ　我《あ》はもよ
女《め》にしあれば　汝《な》を除《き》て　夫《を》は無《な》し　汝《な》を除《き》て　夫《つま》は無し　綾垣《あやかき》の　ふ
はやが下《した》に　蚕衾《むしぶすま》　和《にこ》やが下《した》に　栲衾《たくぶすま》　騒《さや》ぐが下《した》に　沫雪《あわゆき》の　若《わか》やる胸
を　栲綱《たくづの》の　白き腕《ただむき》　そ叩《だた》き　叩《たた》き愛《まな》がり　真《ま》玉手《たまで》　玉手差《さ》し枕《ま》き　股《もも》
長《なが》に　寝《い》をし寝《な》せ　豊御酒《とよみき》　奉《たてまつ》らせ

如此歌、即為二宇伎由比一四字以レ音。而、宇那賀気理弖、六字以レ音。至レ今鎮坐也。

此謂二之神語一也。（上巻）

＊『古事記』では歌謡は「音仮名表記」、つまり正確に訓読可能のため（詳細はあとがき参照）歌部分のみ読み下し文にしました。

それに対してその后（スセリビメノ命）は大きなお杯を持って、オホクニヌシノ神のそばに寄り添い立って、杯を捧げて、こう歌いました。

「たくさんの矛を持つ神様、ねぇ私のオホクニヌシ。あなたは男でいらっしゃるから、巡る島々の岬々、回る磯の岬のどこにでも、若い妻を持てるでしょうが、私はね、女ですから、あなた以外に男はいない。あなた以外に夫はいない。綾織の帳《とばり》のふわりと揺れる下で、絹のふとんのやわらかな下で、真っ白な楮《こうぞ》のふとんがさやさや音を立てる下で、あわ雪のようにやわらかなみずみずしい胸を、楮の綱のように真っ白な腕を、そっと撫で、撫で可愛がり、玉のように美しい手をかわし、絡め合って、足を伸ばしておやすみなさいませ。おいしいお酒を召されませ」

こう歌うやすぐに杯を交わして誓いを結び、互いのうなじに手を回しあい、今に至るまで鎮座なさっているのです。これを〝神語《かむがたり》〟…語り部の伝える神の物語…といいます。

父と大国主神

春から夏にかけて歯科心身症が再発するなど、『古事記』の連載を始めてからろくなことがない（二〇〇三年一〇月当時）。今回は、大国主神《おほくにぬしのかみ》だから、妻の力で出世して逆玉人生、ラッキー、みたいなことを書こうと考えていたら、母が脳出血で倒れて左半身が利《き》かなくなってしまった。

母が倒れたとき、同居の父はすぐには救急車を呼ばなかった。父によると、最初はすぐに呼ぼうとしたが、軽い接触事故により昨年来、足を悪くしている母が、

「足が変なだけだから大丈夫‼　救急車を呼ぶのは絶対にイヤ」

と言い張ったので、呼ぶ決心がつかなかったのだ。

倒れたのが父だったら、母は迷わず速攻、救急車を呼んだことだろう。

父は不甲斐ないなぁ、と思った。

気が強く支配的な母に逆らえなかった気持ちは分かるけれど、母の姿を見るなり、救急車を呼んだ弟は、

「よくこんな状態で五時間も呼ばずにいられたものだ」

と、あきれるより、畏敬の念（ていうか畏怖）さえ覚えたと言っていた。

その後、父はほとんど毎日のように病院に見舞いに行っている。入院に必要なものをそろえ、洗濯機の使い方も覚え、

「食事も何とかするし、入院費用のことも心配ない」

と言っている。

父はクソ真面目でバカ正直、しっかり者の母に言わせると「凄くいい人」なのである。

だが私は冷酷なようだが、目の前の危機を察知できないオスと暮らしていると、女は寿命を縮めかねない。そう、ことの顚末《てんまつ》を知った時点では、正直、思っていた。

大国主神の言いなり人（神）生

国作りの神を父と比べるのもおこがましいけれど、大国主は、父に似たところがある。といっても父は、大国主のように国を作るような大事業もしてないし、たくさんの女と結婚したわけではない。何より大国主のように有名ではない。違うところのほうが多いのだが、しかし、

1、知識はあるものの弱々しい美少年期、

2、動物や母や妻に助けられ、家族と仕事（国）を手に入れる青年期、

3、他の男神と協力して仕事（国作り）を完成させる壮年期、
4、そして不甲斐ない父となる老年期
というふうに大国主の人生（神なので神生というべきか）を分けると、仕事の内容が「国作り」であることを除けば、父のみならず、多くの日本のお父さんにも重なるのではないかと思う。

もっとも仕事の内容が「国作り」でなければ「大国主」ではないわけだから、そこがいちばん肝心ではあるのだが……。

それにお父さんによっては1は該当しない向きもあろう。が、ひけらかすようで恐縮だが、私の父は人も驚く物知りなうえ、独身時代「白皙《はくせき》の美青年」と呼ばれ、お見合いで母が父との結婚を決めたのも「顔が良かったから」という。

大国主も、と言ったら失礼だが、博識で、「文化の神」である。

大国主といえば因幡《いなば》（稲羽）のしろウサギだが、あかはだかに毛皮を剝《む》かれたウサギに彼は治療法を教える。

優しさと医療の神様でもあるのだ。

その、助けたウサギに、

「あなたが八上比売《やかみひめ》（以下ヤカミ姫）を得るだろう」

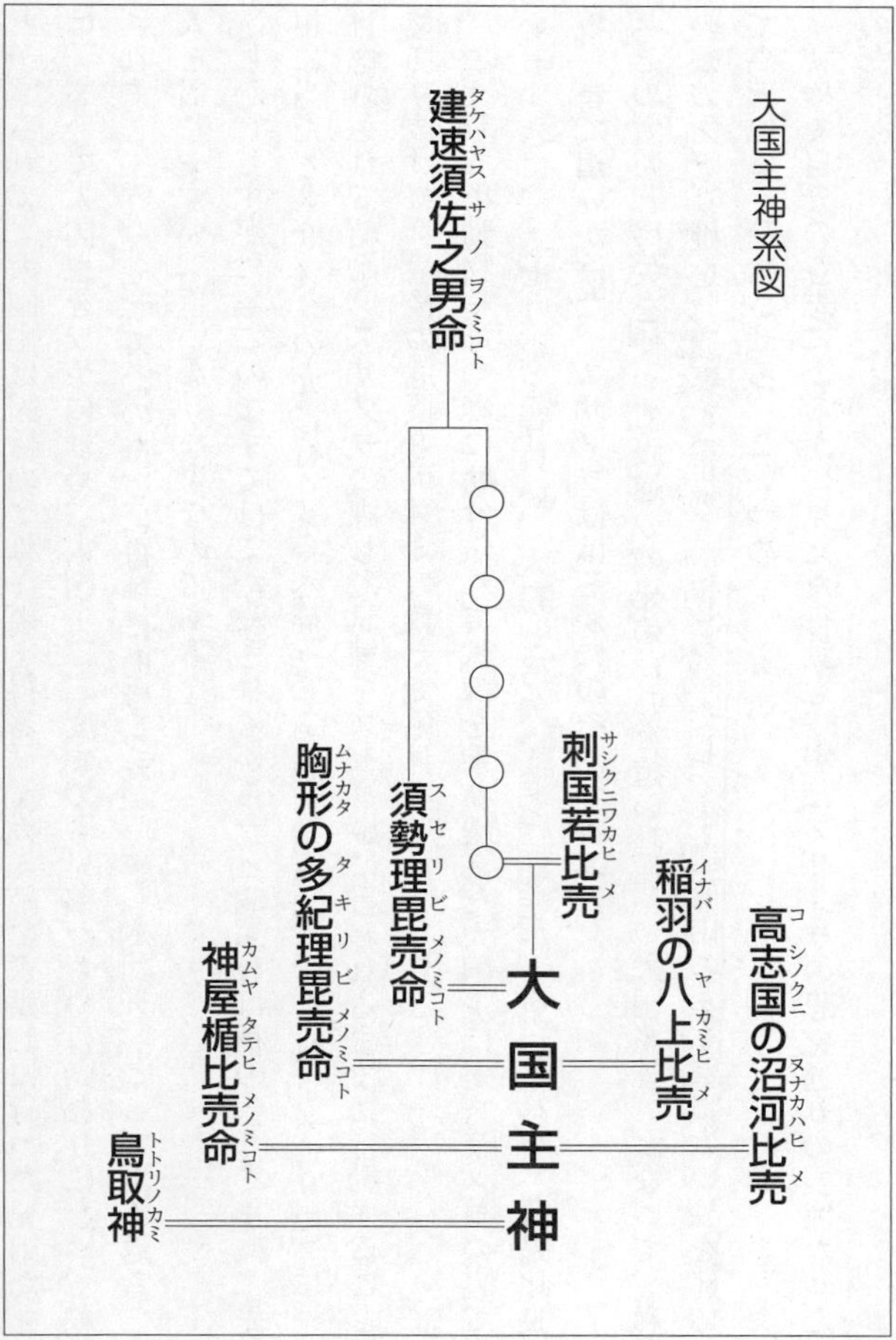
大国主神系図
建速須佐之男命《タケハヤスサノヲノミコト》
刺国若比売《サシクニワカヒメ》
須勢理毘売命《スセリビメノミコト》
胸形《ムナカタ》の多紀理毘売命《タキリビメノミコト》
神屋楯比売命《カムヤタテヒメノミコト》
鳥取神《トトリノカミ》
大国主神
稲羽《イナバ》の八上比売《ヤカミヒメ》
高志国《コシノクニ》の沼河比売《ヌナカハヒメ》

と予言されて、大国主は因幡のヤカミ姫を得る。ヤカミ姫に求婚しに行った兄弟たちは、怒って大国主をワナにはめ、大国主は二度までも兄弟たちの言いなりになって殺されてしまう。そしてそのたびに母神に助けられ、〝麗《うるは》しき壮夫《をとこ》〟として生き返る。人を信じやすい、言いなりな男なのである。

しかしさすがに「このままではまた殺されるから」と危ぶむ母神の言うままに、先祖に当たるスサノヲの元に行くと、今度はその娘の須勢理毘売《すせりびめ》（以下スセリ姫）に一目惚れされて結婚。スサノヲの課した試練をスセリ姫に言われるままに行動することで切り抜けて、最後の危機もネズミの教えで免れる。

こうして小動物や母や妻に助けられて試練を乗り越えた大国主は、スサノヲの寝ているすきに、スセリ姫を背負い、太刀と弓矢を奪って逃走する。それを〝黄泉比良坂〟まで追いかけた、スサノヲははるかにのぞんで叫ぶ。

「その太刀と弓矢を使って腹違いの兄弟たちを追い払い、〝大国主神《おほくにぬしのかみ》〟となって、私の娘のスセリ姫を〝適妻《むかひめ》〟（正妻）にしろ。そして宇迦能山《うかのやま》のふもとに太い柱を建てて高天原《たかまのはら》にそびえさせろ。こいつめ」

初めて自分の意志によるかに見えた行動も、実はスサノヲの思惑通りの展開だったのだ。

　そればかりか、さらなる指示を下されて、言われるままに国の主となった大国主は、少名《すくな》毘古《びこ》那神《なのかみ》やら海を照らして寄り来る神やらの力を借りてやっと国を作り終えたと思ったら、天孫《てんそん》に、

「国をよこせ」

と言われる。そのときも、

「私の子が答えるから」

と自分では答えず、最後に決断を迫られると、

「子供たちの言ったように国は差し上げる。ただ私の住まいだけは、天つ神の御子《みこ》が皇統を継承する宮殿と同じように作ってくれ」

と言って身を隠してしまう。

　女の助けを借り、他神の助けを借りて国土を作り固めた彼は、アブラゲさらうトンビのごとくやって来たアマテラス側をも紳士的にあしらい、「禅譲」のような形で争うことなく、しずしずと政治の表舞台から去っていく。

　大国主は大和政権確立前の色んな地方権力者が習合されてできた象徴神であって、その彼がこのように言いなりの神として描かれるのは、それを天皇家が支配した、言いなりにさせたということを強調するためなのだろうが、なんか母の支配下にあって

母に助けられながら仕事をこなしてきた父をほうふつとさせる。

母の助けがなくなると、とたんに不甲斐なくなる父の姿とも……。

このように神話では操り人形のようにされてしまった大国主が唯一、精彩を放つのが性愛譚《たん》においてであった。

『日本書紀』ではこの部分をはしょっているが、『古事記』ではとくに丹念に描かれている。そしてここが『古事記』のハイライトにもなっているのは、『古事記』の性格を考える上で、とっても興味深いのである。

恋の歌物語

不倫は文化だ。

と言ったのは石田純一だが、大国主の性愛譚《たん》を見ていると、不倫を含めた「恋」においても大国主は「文化の神様」であるとつくづく思う。

彼は複数の女に子供を生ませ、女どうしの嫉妬《しっと》も生んだ。

複数の妻を持った男にはそれまでもスサノヲがいたが、大国主は『古事記』で初めて〝適妻《むかひめ》〟（正妻）を持った男である。つまり彼の世になって初めて妻に序列ができた。

因幡《いなば》のしろウサギの話も女絡みである。

ヤカミ姫に求婚しに行く（異母）兄弟たちの荷物持ちとして付き従っていた大国主は、兄弟たちと違って、傷ついたウサギに正しい治癒法を教えた。そのご利益で「彼と結婚する」と姫からご指名があったのだ。そのせいで兄弟たちにひどい目にあわされたのはすでに書いたとおりだが、その後、スサノヲのいる根堅州国《ねのかたすくに》に行くと、今度はスサノヲの娘のスセリ姫が出てきて、彼を見るやいなや、

〝目合為《し》て、相婚〟

ということになる。

スセリ姫が〝出《い》で〟〝見て〟〝目合〟。

「来た見た勝った」ならぬ、「出た見たやった」。

ここで大国主の気持ちは一切、描かれない。

〝目合〟は本居宣長《もとおりのりなが》以来「マグハヒ」とよまれてきたが、最近では「メクハセ」とよむべきだという意見もあり、メクハセでは意味が通じないものは「相合」の誤写ではないかともいう（山口佳紀『古事記の表記と訓読』有精堂出版）。

宣長以前はどうなの？　と思って調べてみると、「メミアフ」（卜部兼永筆本《うらべかねながひつぽん》。ただ

し右の箇所は〝自合〟とあって、〝目合〟を〝自合〟の誤記としていることが分かる）、「ミアフ」「メミアフ」（荷田春満《かだのあずままろ》書入古事記。ただし右の箇所は〝自合〟とある）、「マアハセ」「マグハセ」（賀茂真淵《かものまぶち》の仮名書古事記）、「マクハセ」「マクハヒ」（賀茂真淵書入古事記）などとよまれていて、〝目合〟をマグハヒとよむのは主流ではなかったことがわかる。

だが、いずれにしてもそのあと性交を伴う結婚を意味する「婚」があるから、結局やることはやったのだ。

スセリ姫の「スセリ」は「進む」の意でもある。「万事、進んでるお嬢さん」ということなのだろう。

大国主はスサノヲの命令でスセリ姫を正妻とする。この正妻がかなり気が強く、因幡のヤカミ姫などは、スセリ姫を恐れて、自分の生んだ子を木の股にはさんで本国に帰ってしまった。

大国主はまた、たくさんの矛をもつという意の「八千矛神《やちほこのかみ》」として、越《こし》の国で沼河《ぬなかは》比売《ひめ》（以下ヌナカハ姫）に求婚し、結ばれるが、それを知ったスセリ姫が〝甚だ嫉妬《うはなりねたみ》〟したといういきさつが『古事記』では歌物語ふうに描かれている。

「八千矛の神様は妻を求めかね、遠い遠い越の国に、賢い女がいるとお聞きになって、きれいな女がいると聞こし召して、プロポーズにお出かけになった」

で、

「大刀《たち》の緒もまだ解かずに、上着も脱がず、姫の寝ておられる板戸を押したり引いたりしながら立っていた。すると、青山に鵺《ぬえ》が鳴くわ、野の雉《きじ》は騒ぐわ、庭の鶏は鳴くわ……」

大国主は怒って言う。

「いまいましくも鳴いてるようだな鳥どもめ。こんな鳥は打ち殺してしまえ!!」

それに対してヌナカハ姫は答える。

「八千矛の神様。私はか弱い女なので、心はそわそわ浅瀬の鳥。今はワガママな鳥だけど、やがてあなたの鳥になります。命は殺さないでくださいな」

そして、

「明日になれば」

と続ける。

「私の、楮《こうぞ》の綱のように真っ白な腕、あわ雪のように柔らかなみずみずしい胸を、そっと撫で、撫で可愛がり、玉のように美しい手を交わし、絡め合って、足を伸ばして寝られるでしょうに。むやみに恋い焦がれなさいますな」

ここの原文よみ下し文は〝栲綱《たくづの》の　白き腕《ただむき》　沫雪《あわゆき》の　若やる胸を　そ叩き　叩き愛《まな》がり　真玉手《またまで》　玉手差し枕《ま》き　股長《ももなが》に　寝《い》は寝《な》さむを　あやに　な恋ひ聞《こ》こし《き》〟。

明日の夜には私を抱けるんだから焦らないでというのだが。

「私はか弱い女なので」（音仮名表記の原文よみ下し〝萎《ぬ》え草の　女《め》にしあれば〟）と女の弱々しさを強調してみたり、〝沫雪の　若やる胸〟とか〝股長〟とか、男の欲望をかき立てるであろうフレーズは、悩ましいまでに生々しい。

面白いのは男の歌より、それに答える女の歌のほうが挑発的で、エロティックなこと。

ヌナカハ姫の歌にある通り、彼らは翌日の夜に〝御合〟（性交&結婚）する。

ところがこれに正妻のスセリ姫が激しく嫉妬《しっと》したため、閉口した大国主は、出雲から旅立とうとして、スセリ姫に歌いかけた。前半で家出の意志を歌ったところで、

「ねぇ愛しい妻ちゃんや」（〝愛子《いとこ》やの　妹《いも》の命〟）

と、後半では妻のご機嫌をとる。

「私が去っても泣きはしないとお前は言うが、山に生える一本ススキのように首をうなだれてお前は泣くだろう。その涙は朝の空に霧となって立つだろう。若草の妻君様」

八千矛神こと大国主はヌナカハ姫に惹かれながらも、取り残されるスセリ姫に未練を覚えているのである。その未練に乗じるようにスセリ姫は夫に酒を勧めながら歌う。

「八千矛の神様、ねぇ私の大国主」（〝八千矛の　神の命や　我《あ》が大国主〟）

「あなたは男でいらっしゃるから、巡る島の岬々、回る磯の岬のどこにでも、若い妻をもてるでしょうが、私はね、女ですから、あなた以外に男はいない。あなた以外に夫はいない。綾織りの帳《とばり》のふわりと揺れる下で、絹のふとんのやわらかな下で、真っ白な楮《こうぞ》のふとんがさやさや音を立てる下で、あわ雪のようにやわらかなみずみずしい胸を、楮の綱のように真っ白な腕を、そっと撫で、撫で可愛がり、玉のように美しい手を交わし、絡め合って、足を伸ばしておやすみなさいませ。おいしいお酒を召されませ」

後半部分の官能表現はヌナカハ姫とほぼ同じで、この言い回しは当時の定番だったのか。

「私だって若くやわらかいカラダがあるのよ」

とばかり、寝屋での交歓への期待感を男にかきたてるさまは、正妻というより娼婦のごとき歌いっぷりである。

結局、大国主はスセリ姫の歌にほだされて、

「互いのうなじに手を回しあい、今に至るまで夫婦相和し鎮座した。これを〝神語《かむがたり》〟という」と『古事記』は締めくくる。一連の歌は、神の物語。実際に大国主やヌナカハ姫自身が歌ったわけではなく、事実を元に、語り部が語り伝える神話だというのだ。

当事者たちが歌ったのではないにしても、女が挑発的な歌を歌うという設定が受け入れられるには、相応の社会状況がなければなるまい。江戸時代に将軍と正室や側室たちの歌劇が作られるとしたら、このようなセリフ回しは発想されなかったろうし、許されないだろう。その社会的基盤を考えるとき、私の頭に浮かぶのは、母系社会のサタワル島の歌だ。

女から誘うエロい歌

古代日本との共通点も多く見られるというミクロネシアのサタワル島では「男女とも、自分の配偶者以外の異性と特定の期間にかぎり性関係をもつことが認められている」（須藤健一『母系社会の構造――サンゴ礁の島々の民族誌』紀伊國屋書店）。

とくに独身男性は性を目的として、他島へ航海し、そこの未婚女性と関係するが、女性はこうした性交目的の訪問者に食事を運ぶなどのサービスをする習慣がある。

「女性の貢献の歌」は、そのとき女たちが合唱する歓待の歌だ。以下、須藤の本から全文を引用すると……。

「私たちは来るよ　私たちは来るよ
　私たちサタワルの女が来るよ
陰核を売りに　大きな小陰唇を集めて
　私たちが来たよ
私はカヌー小屋の前へ行くだろう
　私の可愛いいHさんと会うだろ
私はあの男の口に腰をつかってやる
　私は怒るようにひどく腰を振ってやる
するともうあの男の口は淫らな臭がして
あの男のひげはボロボロと抜けるだろう
私はあの男の鼻にすりあげてすりさげて
　淫らな臭をすりつけてやる
私の陰腔の中で　何ていい
あの男の口なめずりの音だろ」

学術書には、時にこういうことが大まじめに書いてあるので、眠りかけた頭も覚める。

歌詞には、客人の一人一人の名前が歌いこまれ、女たちは歌詞に合わせて腰をくねらせたり、前後に動かしたりといった挑発的なポーズをとる。同書には、

「訪問客に性的踊りのサービス」

と題する写真も載《の》せられているが、露出度の高い衣裳で女たちが踊る様を、裸の幼な子たちが見ているのがいかにも南洋的で、エロい感じはしない。

歌は儀礼的なものだが、島を訪れた男はその島の女性と自由に性交できる。

もっともこういう歌があるからといって、性におおらかと決めつけるのは早計で、「前掲の歌詞の内容などは男性キョウダイだけでなく島の男性一般にも、日常的生活の場で耳に入れてはならない性質のものである」（前掲書）。

ただ「他島の男性とのあいだではなんの規制もなく、自由にそして積極的にふるまうことを女性に期待する」（前掲書）とのこと。

男にしてみればパラダイスのようでもあるが、サタワル社会では「女性がクライマックスにいたらないのに、男性が射精してしまうのは、男性にとっては恥ずかしいことで、『女に負けた』と表現される」そして「クライマックスに達しなかった女性は、

笑うことによって相手をみさげる」（前掲書）というのだから、けっこう過酷だ。

『古事記』の女たちの歌はここまで露骨ではないが、コンセプトは似ているのではないか。

官能に訴えて女が誘っているところ、島がキーポイントになっているところ、とか、が。

実は『古事記』の歌で私が引っかかっていたのは「巡る島の岬々」（音仮名表記の原文読み下し〝打ち廻《み》る島の崎々　掻《か》き廻《み》る　磯《いそ》の崎落《さきお》ちず〟）というスセリ姫の歌のフレーズだった。「あなたは男だからあちこちに妻がもてる」と言いたいなら、「国の浦々」でも「海山に」でも良いではないか。

わざわざ「島の崎々」と断るのは、歌の舞台が島で、歌の主がしょっちゅう島巡りをしているからだろう。

『古事記』の説話には海洋民族の影響が強いというのはつとに知られている。

借りた釣り針をなくして返せと言われ、海底まで探しに行って魚ののどにひっかかっていたのを取って帰ってくるという、『古事記』の海幸山幸とそっくりの話はミクロネシアやインドネシア、東南アジアにもあるという（吉田敦彦『日本神話のなりたち』青土社）。

八千矛神《やちほこのかみ》を巡る一連の歌も、サタワル島のようなミクロネシアの島々からの影響があったのではないか。

サタワル島の女にとって男は一人だけではないが、『古事記』『日本書紀』には天つ神や天皇が、

「私の子ではないのでは」

とか、

「国つ神の子ではないか」

と妻や采女《うねめ》を疑う記述があって、女が複数の男と寝るのを前提としていなければ、そうした疑問は出まい。『古事記』の歌で、

「私は女だから男はあなた一人なの」

とわざわざ強調するのも、現実には女の相手は一人ではなかったためだろう。つまりサタワル島に似た、母系型社会の結婚形態が展開していたからだと私は思う。

冒頭の話からすっかり逸《そ》れてしまったが、「父は不甲斐ない」という母の入院直後の思いは、入院から三週間以上経った今（二〇〇三年末現在）、やや変化を来している。その後の父の活躍が私の予想を超えるものだったからだ。

「家のことも自分でなんとかする」

という言葉を父は実行している。リハビリにはたくさん話したほうがいいと聞くと、母に積極的に話しかけている。人の話を聞くのが下手で、自分の話しかしない父が、母の話を聞いている。もっとも、脳がやられたせいだろう。母の話というのは、

「部屋の隅に悪魔と妖精がいて悪だくみをしている」

などといった妄言も少なくないのだ。「バカ」と罵《ののし》ることもあるのに、そんな母を父は、

「あんなに聡明だった人が……かわいそうでなぁ」

と言って、その手を撫《な》でている。

昭和一桁生まれの老人としては上出来ではないか。

父のように不甲斐ない男の娘に生まれたのがイヤだ。そう思ったこともあるが、こういう父をもった私もまんざらではないのではないか。そんな思いが湧くのと時を同じうして、母の半身不随姿を見たことで、私の歯科恐怖も格段に快方に向かった。支配的な母を恨みもした私だが、母以外のほかの誰の半身不随姿を見ても、こんなふうに心動かされはしなかったろう。親は無意識のうちにも、身を以て私を救っているのだなぁと思うと、「父の不甲斐なさ」というのも子にとっては意味のあることだった

のかな、という気もしている。

文化の神大国主は作った国を横取りされて「文化人（神）の弱さ」を露呈したが、彼のメインの顔は心優しい穀物神だった……。

いずれにせよ、大国主の人生を華々しく飾る恋と結婚譚《たん》が父になかったことは、母や私といった家族にとっては良かったのだとは思う。

5

まぐはひのご利益

――イハナガ姫とサクヤ姫

大山津見神、因レ返二石長比売一而、大恥、白送言、我之女二並立奉由者、使二石長比売一者、天神御子之命、雖二雪零風吹一、恒如レ石而、常堅不レ動坐、亦、使二木花之佐久夜比売一者、如二木花之栄一々坐宇気比弖、（自レ宇下四字以レ音。）貢進。此、令レ返二石長比売一而、独留二木花之佐久夜毘売一故、天神御子之御寿者、木花之阿摩比能微（此五字以レ音。）坐。故是以、至二于今一、天皇命等之御命、不レ長也。

故、後木花之佐久夜毘売、参出白、妾、妊身。今、臨二産時一、是天神之御子、私不レ可レ産故、請。爾、詔、佐久夜毘売、一宿哉妊。是、非二我子一。必国神之子。爾、答白、吾妊之子、若国神之子者、産時不レ幸。若天神之御子者、幸、即作二無レ戸八尋殿一、入二其殿内一、以レ土塗塞而、方産時、以レ火著二其殿一而産也。（上巻）

オホヤマツミノ神は、ニニギノ命が姉娘のイハナガ姫を返したために大いに恥じ、ニニギノ命に申し伝えました。

「我が娘を二人並べて差し上げたのは、イハナガ姫をお召しになれば天孫の命は雪が降ろうと風が吹こうと、常に岩のように変わらず盤石でおられよう、またコノハナノサクヤ姫をお召しになれば木の花のようにお栄えになろう、そう〝うけひ〟…神に誓約し…て差し上げたのです。このようにイハナガ姫を返させて、ひとりコノハナノサクヤ姫だけ留めたからには、天孫の御寿命は、木の花のようにはかなくていらっしゃるでしょう」

こんなわけがあって、今に至るまで、天皇の御寿命は長くないのです。

さてその後、コノハナノサクヤ姫がニニギノ命のもとに参り出て言うには、

「私は妊娠しました。もうすぐ出産するに当たって、この天つ神の御子は、勝手に産むわけにはいきませんから、ご報告します」

これに対してニニギノ命はおっしゃいました。

「サクヤ姫、一夜で妊娠したというのか。これは私の子ではあるまい。絶対、国つ神の子だろう」

それを聞いたサクヤ姫は、

「私が妊娠した子がもし国つ神の子なら、産む時、無事では済まぬはず。もし天つ神の御子なら、無事なはず」

と答えるや、すぐさま戸のない大きな建物を作り、その中に入り、土で入り口を塗り塞いで、いよいよ生まれる時になってその産屋に火をつけて産んだのです。

呪う国つ神

殺したいほどではないが、早く死んでくれ、ろくな死に方しなけりゃいいのに……と呪《のろ》ってやりたい人間が、いないでもない。けれど、

「人を呪わば穴二つ」

とか、

「敵を愛し、迫害する人のために祈れ」

といった言葉が私の頭にこだまして、

「呪うなんてこと考えちゃあいけない。これは良くない考えなのだ」

と、呪わしい気持ちをうち消してしまう。

ところが。

『古事記』には、屈辱的な目に遭ったがために、すぐさま怒りを表明するだけでなく、相手に呪いの言葉を浴びせる神様がいる。しかもその行為がなんら批判的に描かれていないばかりか、呪いは言葉通り実現する。

呪いの主は国つ神であり、呪われたのは天皇家の先祖、天津日高日子番能邇々芸能《あまつひたかひこほのににぎの》命《みこと》（以下ニニギ）である。

天孫《てんそん》ニニギは、アマテラスの命令で、五人の氏族の長の神を供に、おごそかに地上に降臨する。そして、いまの鹿児島県の端、野間半島の野間岬に相当するという「笠《かさ》沙《さ》の御前《みさき》」で、〝麗《うるは》しき美人《をとめ》〟に会う。会うや、

「誰の娘なの？」

と、さっそく質問。

「大山津見神《おほやまつみのかみ》の娘で、名は神阿多都比売《かむあたつひめ》、またの名は木花之佐久夜毘売《このはなのさくやびめ》（以下サクヤ姫）といいます」

「兄弟はいるの？」

「石長比売《いはながひめ》（以下イハナガ姫）という姉がいます」

するとニニギは早くも本題に入る。

「君と〝目合〟したいんだけど、どうかな」（〝吾欲目合汝奈何〟）

ここの〝目合〟は、本居宣長《もとおりのりなが》以前は「みあふ」（荷田春満《かだのあずままろ》）「みあひ」（賀茂真淵《かものまぶち》）などとよまれていたが、本居宣長以後は「まぐはひ」とよまれ、最近ではいきなり「性交しよう」というのはおかしいというので、「あひあふ」とよむ新編日本古典文学全集などの例もある。

「あひあふ」とよむ場合は、

「私はあなたと結婚したいと思うが、どうかな?」

という意味になる。

私としては「まぐはひ」というのは、見つめ合い、愛の言葉を交わすことから始まって、愛撫挿入後戯といった性交全般を表しつつ、結婚まで含んだ幅広い意味をもつ言葉だと考えているので、ここは「まぐはひ」でオッケーとしたい。

が、どんなふうによんでも、結婚や性交をいきなり申しこんでいるには変わりなく、食事したり映画を見たりしてから、性交や結婚に及ぶ現代の良識ある男女とはずいぶん違う。手紙のやりとりを何度かしてから求婚する平安貴族とも違う。そのへんの頭も尻も軽いヤカラのようであると言いたいところだが、生まれた子供は母方で育つ当時、結婚や性交にまつわる男の責任は今よりは軽かったので、気軽に口説いてみるということも多かったのだろう。

しかし、この場合、なんといっても口説いているのは天孫《てんそん》だ。国つ神の住む地上を支配することが彼の目的で、その手始めとして、国つ神の女とまぐはひすることが、大きな一歩になるという計算もあろう。しかも相手は美人なだけでなく、大山津見神(山の神である)という有力国つ神の娘。手をつけて損はないとニニギは考えたのかもしれない。

聞かれた美人、サクヤ姫は答える。

「私はお答えできません。父の大山津見神がお答えします」

大国主神《おほくにぬしのかみ》を見るや〝目合〟して〝相婚〟、父には事後報告したスセリ姫とは大違いの、やけに慎ましげな姫ではあるが、相手は異界からやって来た新しい支配者である。国つ神の女としては、この際、きっちり正式な結婚の手続きを踏んだほうが先々のためには良いと判断したのだろうか。

ちなみに大山津見神は『日本書紀』の正文では女神で、山の神が民俗学的には多産の女神と考えられていることからも、女神であるほうが自然だ。しかし戦闘的な侵略者である天つ神では父系が強かったかして、その影響で男神に変化したのかもしれない。

ニニギはさっそく大山津見神に使いをやって結婚を申しこんだ。すると神は〝大歓喜〟して、サクヤ姫に姉のイハナガ姫を添え、たくさんの結納品をもたせて送り出した。夫が妻の家に通う「妻問《つまど》い婚」が基本の当時、結納品は女が男へ贈ることになっていたのだ。

ところが。

ニニギは、姉のことは、

〝甚凶醜《いとみにく》きに因りて、見畏《みかしこ》みて〟

あんまり醜いんで恐れをなして、実家へ送り返してしまう。そして妹のサクヤ姫だけを留めて、

〝一宿婚〟（ここのよみに関しては多説ある）をした。

たった一夜だけ、まぐはったのである。

姉娘を送り返された大山津見神は〝大恥〟、ヒジョーに恥ずかしく思って、ニニギに伝えた。

「私の娘を二人並べて差し上げたのは、イハナガ姫を召し使えば、天孫の命《いのち》は雪が降っても風が吹いても、常に岩のように変わらず盤石でおられよう、またサクヤ姫を召し使えば、木の花のようにお栄えになろう、と〝うけひて〟…神に誓いを立てて…祈った上でのことだ。こんなふうにイハナガ姫を返し、サクヤ姫だけ留めたせいで、天孫の御寿命は、木の花のようにはかなくていらっしゃるだろう」

美人の妹娘に、ブスな姉娘を付けて、セットでニニギの妻として送りこむとは、悪質な抱き合わせ商法のようだが、大山津見神によると深遠な意図があったのだ。

が、自分の知らないところで神にそんな誓いを立てられるとは、呪《のろ》いでなくて何であろう。

実際、〝うけひ〟には呪いという意味もあるし、『日本書紀』の神代下第九段一書第二でははっきり〝詛〟つまり呪ったとある。美人の妹を選んだニニギにしてみれば、頼んでもいないブス姉を付けられた上、それを退けたら、「短命になる」と呪われるとはとんだ迷惑。

「それならそうとはじめに言ってくれよ」

と言いたいところだろう。

もっとも古代天皇は姉妹をセットで妃にする例がきわめて多い。垂仁《すいにん》天皇は旦波比古多々須美智宇斯王《たにはのひこたたすみちのうしのみこ》（『日本書紀』では丹波道主王《たにはのみちぬしのきみ》）の娘を四人（『日本書紀』によると五人）、景行《けいこう》天皇は姉妹2セット、応神《おうじん》天皇は三姉妹1セットと姉妹1セット、反正《はんぜい》天皇と允恭《いんぎょう》天皇は姉妹1セット、欽明《きんめい》天皇は宣化《せんか》天皇の皇女を三人と蘇我稲目《そがのいなめ》の娘を二人、天智《てんち》天皇は蘇我山田石川麻呂《そがのやまだのいしかわまろ》の娘を二人、天武《てんむ》天皇は持《じ》統《とう》天皇（女）をはじめとする天智天皇の皇女を四人……と数えたてればきりがない。

ニニギが最初にサクヤ姫に姉妹の存在を問うたのも、大山津見神《おほやまつみのかみ》が当然のように妹に姉を付けたのも、姉妹をセットで一人の貴人と結婚させるという習慣が当時あったからだろう。

このうち垂仁天皇は妹二人（『日本書紀』では一人）を〝甚凶醜《いとみにく》きに因りて〟実家に返している。そのため一番末の妹は恥じて自殺した。いまなら天皇のお妃《きさき》になった者が容貌を理由に家に返されるなどあり得ないことで、この時代のモラルについて考えさせられるが、一目見てまぐはひできそうにないと判断した女は返してやるほうが誠実という考え方も「あり」だとは思う。

しかし自殺するとは、残された家族が悲しむのはもちろん、返した天皇にしても後味の悪いことこのうえなく、ブスゆえ夫となるはずの人に返されて呪ったというイハナガ姫の話は、垂仁天皇時代の悲劇をもとに作られたのかもしれない。

『古事記』で、ニニギを呪ったのはイハナガ姫の父の大山津見神だが、『日本書紀』（神代下第九段一書第二）のほうはイハナガ姫自身が、妹の妊娠を知ったあとで、「生まれる子はきっと木の花のように短命だろう」と呪ったとある。そのほうが迫力はあるものの、いかにも女の嫉妬《しっと》から出た私怨《しえん》のイメージがあるうえ、なにより彼女の呪いは現実のものとして天孫の上に降りかかったとは記されない。

ところが『古事記』では、違う。人を呪う勇気もない私にとって『古事記』が感動的なのは、この呪いが単なる呪いで終わらず、すんなり実現することだ。

『古事記』はいう。

〝故《かれ》是を以て、今に至るまで、天皇等《すめらみことたち》の御命《みいのち》は、長くあらぬぞ〟……だからこのために、今に至るまで、天皇たちのご寿命は長くないんだよね…。

大山津見神の呪いは実現し、今に継続するものとして効果を発揮しているのだ。

序文によると、『古事記』編纂《へんさん》を命じたのは元明《げんめい》天皇（六六一頃〜七二一）だが、彼女の一代前は文武《もんむ》天皇（六八三〜七〇七）で、彼は数え年二十五歳の若さで崩御している。前後の天皇は五十過ぎ、六十過ぎまで生きているから、『古事記』編者の頭にはおそらく文武天皇のことがあったのだろう。

それにしても、イハナガ姫を召せば岩のように永続する命を得られたのに、拒んだため、

〝今に至るまで天皇等の御命は、長くあらぬぞ〟

という『古事記』の記事自体、言霊《ことだま》の信じられていた当時ならなおのこと、天皇に対する呪いの言葉にも思える。こんなところからも元明天皇の指揮下に成立したという

『古事記』の序文は疑わしくも思えるのだが。

神の子孫であるはずの天皇の寿命が我々人間と同じであるのはおかしいではないかという疑問に対する答が、山の神の呪いのせいだとは、天孫の非力さ・愚かさを物語るようで、天皇を神格化する動きとは正反対の、人間天皇をうたったものとして読むことさえできるように思う。

それよりなにより素晴らしいことに、ここには「人を呪わば穴二つ」といった教訓は、ない。

呪いは呪いのまま実現し、呪ったほうはそれで罰を受けることはない。

呪った側はすでに呪われた側によって屈辱を受けているのだ。

だから目には目を。

堂々と神を持ち出して呪う。

神よ、我々の信頼は踏みにじられた。このまま黙ってはおれぬ……。

呪いというとマイナスのイメージがあるが、究極の呪いは「祈り」である。やられっぱなしでいるほうが不甲斐ないのだという国つ神のプライドを、私はこの話に感じる。

ブスを裏切る男は、美人をも裏切る

ニニギは呪《のろ》われて当然と言える男でもあった。

イハナガ姫の実家送還の一件があったのち、妹のサクヤ姫がニニギのもとにやって来て、言った。

「私は妊娠しました。これから生もうと思うのですが、天つ神の御子《みこ》は、私的に生むわけにはいかないので報告しておきます」

するとニニギは言った。

〝佐久夜毘売《さくやびめ》、一宿《ひとよ》にや妊《はら》みぬる。是は、我が子に非《あら》じ。必ず国つ神の子ならむ〟

それほんとに俺の子？　と軽く疑ったのではない。

「これは私の子ではあるまい」

ときっぱり断言したのである。あげく、

「きっと国つ神の子だろう」

と邪推したのだ。

おそらくサクヤ姫は、一夜の契《ちぎ》りを交わしたあと、実家へ帰ったきりニニギとは会わず、ニニギもまた姫のもとに通うことはなかったのだろう。

だが姫は妊娠に気づき、天孫《てんそん》の子を私生児にするわけにいかないというので参上し

たところ、ねぎらいの言葉をかけられるどころか、

「俺の子じゃない。国つ神とやって生まれた子なんだろ」

という屈辱的な言葉を浴びせられた。

サクヤ姫は、答えた。

「お腹の子がもし国つ神の子なら、無事に生むことはできない。もし天つ神の子なら無事だ！」

そう言って産屋《うぶや》に火を放ち、三つ子を出産。その末の子が海幸・山幸の話で名高い、山幸彦こと火遠理命《ほをりのみこと》（またの名を天津日高日子穂々手見命《あまつひたかひこほほでみのみこと》）で、彼の孫が初代神武《じんむ》天皇である。

つまりニニギは初代天皇の曾祖父に当たるわけだが、そんなニニギが、国つ神の娘を、姉のほうは「ブスだから」と退け、美人の妹とは一夜だけまぐはひしたあげく、妊娠を告げられると「俺の子じゃねえ」と言い放つような男に描かれているのは、面白い。

降臨した天孫をこのように描く神話の意図というのは、天皇の神格化とかそういうことではなく、ブスを踏みつけにする男は美人をも踏みつけにする、でもそういう男は長生きできないということを面白おかしく語ることであるような気さえ私はする。

ブスのご利益、美人のご利益

それにしても、「イハナガ姫を召し使えば長寿を、サクヤ姫を召し使えば栄華を得られる」という発想が当たり前のように神話で機能しているのは、男にとって女と「まぐはひ」することは、今のセックスからは想像できない「利益《りえき》」をもたらすものと考えられていたからだろう。少なくとも国つ神側では、そう考えていたのだと思う。だから大山津見神《おほやまつみのかみ》は大いばりで、望まれた妹娘に、望まれぬ姉娘を添えたのである。

面白いのは、うとまれがちな醜女《しこめ》は長寿というパワーを備えているという発想で、これについては拙著『ブス論』にも書いたが、「醜」は醜いという意味だけでなく、死に匹敵する無敵の力があると古代人は考えていた、と私は見ている。思うに「死という誰にもあらがえない力」を古代人は「醜」といい、死体の汚らわしさから「醜」に「醜い」という意味が派生したのではないか。「醜」はもともと死という強大なパワーであって、死をコントロールできるということは、生をもコントロールできるということ。それで死体の要素をもつ醜い女神が生死をコントロールできるという話ができたのだ、と私は思う。

太古、美は権力であり、繁栄の源だったが、醜さもまた生死を司るパワーだった。そんな「醜パワー」の存在が信じられていたのだと私は考えている。注目したいのは、こうした力の源が女側にあって、それが「まぐはひ」によって男に移るという考え方が、ここにあることだ。

後世、武士の時代でも、

〝兵《つはもの》の見目《みめ》好《よ》き妻もちたるは、命脆《もろ》き相ぞ〟

というので、関東八カ国の中で〝優れたらん見目悪《わる》〟を希望して、ブス妻と結婚した男の話が、十三世紀末の『男衾三郎絵詞《おぶすまさぶろうえことば》』には、ある。

美人妻は、男に短命をもたらすというのは、武家社会の文学にはしばしば見られる発想で、室町時代には、

〝それ弓とりは、みめかたちすぐれたる女性《によしやう》をば持たぬことにて候〟（『師門物語』）

と、美人妻は武士にとって不吉なので離縁するよう息子に遺言する父も現れる。

戦国大名毛利元就《もとなり》（一四九七〜一五七一）の子で、吉川《きつかわ》家の養子になった吉川元春《もとはる》（一五三〇〜八六）も〝身を立て武名を発《はつ》す〟ため、すすんで〝世に又なき悪女《あくぢよ》〟つまり絶世の醜女である熊谷信直の娘と結婚。熊谷氏の強力なバックアップを得て、遠くは〝鬼吉川《おにきつかは》〟といわれた先祖、近くは父元就の名を継ぐ〝勇将〟になったという

（『陰徳太平記』）。

そもそも大国主神《おほくにぬしのかみ》の別名である葦原色許男神《あしはらしこをのかみ》（『日本書紀』では葦原醜男《あしはらのしこを》）は、醜い男の意ではなく、「葦原国の勇者」の意味である。

醜男とは、誰にも負けない死のパワーをもった男のことだ。戦闘にのぞむ武士が、ブス妻を「吉」として求める発想は、醜は力に通じるという、神話時代の醜パワー信仰に基づく考え方であると私は思う。が、繰り返すが、こうしたパワーはあくまで女の側に秘められていて、男は「まぐはひ」によってのみ、そのパワーを分けてもらうという仕組みになっているという、この考え方が、面白い。

男の武運や繁栄や寿命を、男自身の努力や能力からくるものではなくて、まぐはひ相手の女によって付与されるものであるという考え方は、一見、女の力を評価しているようでもある。が、それは、いわゆる「アゲマン」「サゲマン」といった考え方にもつながって、男の甲斐性のあるなしを女に責任転嫁するという態度に発展しかねないものでもあろう。

もちろん『古事記』の段階では、アゲマン、サゲマンなどという概念はなく、女のパワーを取りこむことが男の成功の鍵である、女に助けられ、頼ることが当たり前であるという認識があった。だから大国主神が国作りを完成させるには、スサノヲの娘のスセリ姫との結婚が不可欠だったし、国つ神とは別の文化圏に属していたニニギにしても、降臨してすぐにしたことは国の有力者の娘とのまぐはひだったのだ。

ニニギは古代神話の織田信長?

美醜抱き合わせでまぐはえば、栄華と長寿を得られたものを、美のみ選択したニニギは、見方によっては、こうした国つ神的・古代的なまぐはひ信仰にこだわらない、いわば織田信長的な革新的な思想の持ち主であったとも言えるかもしれない。

呪《のろ》いは呪う側にとっては「祈り」であるが、呪われるほうにすれば「脅し」である。発した言葉がそのまま現実になるという「言霊《ことだま》」が信じられていた時代に、ニニギは、この脅しに何らひるんだ様子はない。

ひるむどころか、イハナガ姫を退けて呪われた直後に、性懲りもなく、サクヤ姫の腹の子の父を疑っている。

それで今度はサクヤ姫の怒りまで買って、産屋《うぶや》に火を放たれるようなことになる。

そして『古事記』では、結果的には、いつも国つ神の言葉通りになって、天皇は短命になり、子供たちは無事生き延びるということになるのだが。

一方の『日本書紀』では、天孫《てんそん》の子である子供たちが生き延びるのは当然にしても、「イハナガ姫を召さなかったから天孫は短命になる」という国つ神側の呪いが実現したとは書かれない。国つ神の呪いは効力を失い、単なる「負け犬の遠吠《とおぼ》え」のように空しく紙面を這《は》うだけだ。

ここから見ても、『古事記』には国つ神的な価値観、『日本書紀』には天つ神的な、つまりニニギ的な新しい価値観が色濃く漂うことがうかがえる。

新しい世の中をひらくのは、いつの時代にも、旧来の迷信的な考えや権威を屁《へ》とも思わぬ新しい考え方の持ち主だ。

たとえ呪うほうに理があっても、そういう理屈をねじ曲げる者が、勝利する。

『古事記』『日本書紀』や『万葉集』の時代はもちろん、後世長らく日本に根付いたと言われる言霊信仰は、『日本書紀』のできた七二〇年の段階で、すでに一部の支配階級の間では、機能しなくなっていたのかもしれない。

そして、正当な交渉手段だった「呪い」はというと、正面切って対決できない弱者の最終手段として、マイナスイメージを強めていくのだ。

6 日本古典「最恐」の呪い

――海幸彦・山幸彦

其綿津見大神誨曰之、以㆓此鉤㆒給㆓其兄㆒時、言状者、此鉤者、淤煩鉤・須々鉤・貧鉤・宇流鉤、云而、於㆓後手㆒賜。淤煩及須々亦宇流六字、以㆑音。然而、其兄作㆓高田㆒者、汝命、営㆓下田㆒。其兄作㆓下田㆒者、汝命、営㆓高田㆒。為㆑然者、吾掌㆑水故、三年之間、必、其兄、貧窮。若悵㆓怨其為㆑然之事㆒而、攻戦者、出㆓塩盈珠㆒而溺。若其愁請者、出㆓塩乾珠㆒而活。如此令㆓惚苦㆒、（上巻）

そのワタツミノ大神はホヲリノ命に教えて言いました。

「この釣り針を兄に与える際、『この釣り針は〝おぼ鉤《ち》・すす鉤・貧鉤《まぢ》・うる鉤〟……不安になる釣り針、いらいらする釣り針、貧乏になる釣り針、バカになる釣り針……』と言って後ろ手にお与えなされ。そして兄が高い所に田を作ったら、あなたは低い所に田を営むように。兄が低い所に田を作ったら、あなたは高い所に田を営むように。そうすれば、私が水を司っているので、三年のうちに兄はきっと貧しくなります。もしそれで兄が恨んで攻めてきたら、塩盈珠《しおみつたま》を出して溺れさせなさい。もしも嘆いて許しを乞うてきたら、塩乾珠《しおふるたま》（しおひのたま、とも）を出して生かしなさい。こうして悩ませ苦しめなされ」

古事記は呪いの書?

『古事記』を読んでいると、『古事記』の作者は天皇家に悪意を抱いていたのでは?

『古事記』は天皇家への呪いの書? なんて疑念がわいてくる。

日本神話の描く天孫《てんそん》の正統な継承者や天皇族はしばしばとても「あこぎ」だが、『古事記』では『日本書紀』よりもそのあこぎさがビミョーに割り増しされている。

倭建命《やまとたけるのみこと》は女装して敵の兄弟を油断させて殺すのだが、『古事記』では逃げる弟を背後から刺したり、兄を「熟した瓜《うり》を切り裂くように」殺すなど、殺害シーンが残虐な上、別の敵とは偽りの友情を結んで太刀を木刀にすり替え、抵抗力を奪って殺すという卑怯な手段をとっている。

前回紹介したニニギにしても、まぐはった女が妊娠したときの「俺の子じゃあるまい。国つ神の子だろう」(〝非我子。必国神之子〟)というセリフは『日本書紀』ではもう少しソフトに「いくら天つ神の子でもどうして一夜で女を妊娠させることができようか」という前置きがついて「きっと私の子ではあるまい」(〝必非我子歟〟)となっている。

今回紹介するその息子の火遠理命《ほをりのみこと》(以下ホヲリ)のしわざも、『古事記』のほうが

『日本書紀』よりいっそうえぐい。

　ホヲリはまたの名を天津日高日子穂々手見命《あまつひたかひこほほでみのみこと》といい、海幸《うみさち》・山幸《やまさち》の山幸彦として名高い。

　ホヲリは山の獲物（山幸）を捕るのが仕事だったが、海の獲物（海幸）を捕るのが仕事である兄の火照命《ほでりのみこと》（以下ホデリ）に、

「それぞれの〝さち〟…道具…を交換して使ってみたい」

とおねだりする。兄が拒むのを、三度までもせがんで、ムリに道具を交換したあげく、

「山幸も自分の〝さち〟…道具…が一番。海幸も自分の〝さち〟…道具…が一番。もうそれぞれ〝さち〟を返そうよ」

　その後、そう兄に言われると、

「あんたの釣り針は魚を釣っても一匹の魚も捕れなくて、とうとう海になくしちまった」

って、これじゃあ昔話の隣の悪い爺さんと同じである。

　ここ掘れワンワンで金を掘り当てた爺さんを隣の爺さんが羨《うらや》んでムリヤリ借りたものの、馬糞を掘り当て、シロを殺したようなもの。シロの墓から生えた木で作った臼《うす》から金が湧くのをまたまた羨み、ムリヤリ借りたが糞しか出なくて臼を叩き割るよう

なもの。

「役に立たなかったんだもん。捨てちゃった」

ってな感じである。

しかし、シロという〝さち〟…道具…の死骸や灰を集めて再利用できた花咲爺と違い、海幸彦には拾うべき〝さち〟の残骸もない。だから、

「どうしても貸した釣り針を探して返せ」

と強要するのもムリからぬことではある。弟のホヲリ（山幸彦）がいくら自分の剣をつぶして五百の釣り針を作って弁償しても、千の釣り針を作って弁償しても、

「やっぱり正真正銘のもとの釣り針がほしい」

と突っぱねるのは当然なのだ。ホヲリが作って済むのなら、始めから兄に借りずにホヲリが自分で作って使えば良かったのである。花咲爺の隣の爺がシロそっくりの白犬を何十匹と連れてきたって、シロの代わりにはならない。臼になっても灰になってもシロだから霊力を発揮したのであって、隣の爺もそうと知っていたからシロを借りたがったのだし、ホヲリも兄の釣り針が特別な釣り針と知っていたから、せがんで借りたのだ。

しかも、それらはいずれも正しい持ち主が使うからこそ霊力を発揮したのであって、

隣の爺や弟ではダメなのだ。

兄はそうと知っていたから貸すのを渋ったのに、相手は弟だし、再三再四にわたってせがまれたので仕方なく貸してやった。そのあげく、なくされてしまうとは。

海幸こと兄のホデリは被害者なのである。

が。

文芸では、被害者と加害者、悪と善は容易に入れ替わる。

夜な夜な良い太刀を求めて人を斬っていた弁慶を牛若が退治するという話も、おそらくは判官びいきが高まった時代以降の話で、御伽草子「橋弁慶」では千人斬りを目指して人を斬っていたのは牛若だった。元来は牛若こそが悪役だったかもしれないのだ。

海幸・山幸の物語もその好例で、もとはホデリこそが被害者であったはず。

ところが時代が下って、天皇政権が確立すると、被害者であるはずの兄のホデリは自分の理を押し通す加害者と変じ、加害者だった弟のホヲリは、シロをなくして泣いた花咲爺のように、海辺で泣く。

泣くことで、加害者から被害者に転じるのである。

海神の助け

「もとの釣り針でないと」

と兄に突っぱねられたホヲリは、海辺で泣き悲しんでいた。そこへ塩椎神《しほつちのかみ》が来て声をかけた。

「なんで天空の御曹司《おんぞうし》が泣いているのかな」

こういうとき神話では必ず「なんでお前は泣くの?」と問う神が出てくる。娘を八《や》俣《また》のをろちに食われるというので老夫婦が泣いているときもスサノヲが来て問うたし、因幡《いなば》の白ウサギが泣いているときも大国主神《おほくにぬしのかみ》こと大穴牟遅神《おほなむぢのかみ》が来て問うた。そして問うた者が必ず窮状を救ってくれた。

このときもわけを聞いた塩椎神は、

「あなたのために良案がある」

と、潜水艦のようにすき間のない乗り物を作り、海神の宮殿に行くよう教えてくれた。そして、

「門の傍らの井戸の上に聖なる木がある。その木の上にいらっしゃれば、海神の娘が見つけて相談に乗ってくれるはず」

と言う。

ホヲリが言われたとおりにすると、果たして海神の娘豊玉毘売命《とよたまびめのみこと》（以下トヨタマ姫）の侍女が、美麗な器で水を汲みに来た。そして井戸が光っているのに気づき、樹上の〝麗《うるは》しき壮夫《をとこ》〟を発見した。

ホヲリは美少年だったのだ。

そんな美少年のホヲリは侍女に、

「水がほしいな」

とねだる。しかし器に水を汲んでもらうと、水は飲まずに自分のネックレスの玉をほどいて、口に含んで器に吐き入れた。すると玉は器にピタリとくっついて離れない。

このあたり、かなりエロティックな意味がありそうだが、物語はかまわずどんどん進んでいく。

侍女は玉がくっついたままの状態で器をトヨタマ姫に渡すと、

「もしや外に人がいるのか」

と姫は気づく。

〝甚麗《いと》しき壮夫ぞ〟…すごいイケメンですよ…、

〝我が王《きみ》に益《ま》して甚貴し〟…私たちの王様よりずっと気高いし…、

と侍女。

好奇心に駆られたトヨタマ姫は外に出て、

〝乃ち見感《すなはみめ》でて目合〟した。

見るやいなやハッと感じて、まぐはひ（ここの〝目合〟のよみについては諸説あり、単に目配せしたという解釈も）したのである。

先ほどのホヲリのエロティックな動作が関係しているかどうかは分からないが、このあたりのスピード感はまるで魔法にかかったようである。

まぐはひにせよ目配せにせよ、初対面のホヲリと情愛をかわしたあと、姫は父である海神に、

「うちの門に〝麗しき人〟がいる」

と言う。父は、

「この人は天の御曹司の御子《みこ》、天空の御曹司だ」

と言い、すぐさま結納品を用意して、娘と結婚させた。

古代の父は話が分かるというか、話が早い。

このように歓待されたホヲリだったが、三年経つと、初めのいきさつを思い出して、大きなため息を一つついた。

娘からそのことを伝え聞いた海神は、

「娘によれば、ここにいらして三年の間、いつもはため息などつかなかったのに、今宵、大きなため息をついたとか。もしやわけがあるのでは。そもそもここにいらした理由は何だったのでしょう」

と婿に聞いた。見るや即刻、娘と結婚させたわりには、婿が当所に来た理由を三年も聞かなかったとは「呑気《のんき》な父さん」と言うしかないが、古代の海では、時間のとらえ方が大いに違っていたのかもしれない。

婿に事情を聞いた海神は、さっそく海の魚を召集し、鯛ののどに刺さっていた婿の兄の釣り針を探しだして、洗い清めて婿に奉《たてまつ》った。

そのとき、このように教えた。

「この釣り針を兄に与えるとき、〝此《こ》の鉤《ち》は、淤煩鉤《おぼち》、須々鉤《すすち》、貧鉤《まぢち》、宇流鉤《うるち》〟と言って後ろ手に与えなさい。そして兄が高地に田を作ったら、あなた様は低地に田を営むように。兄が低地に田を作ったら、あなた様は高地に田を営むように。そうすれば私が水を司《つかさど》っているので、三年の間、兄はきっと貧窮します。もしも兄がそれを恨んで攻めてきたら、〝塩盈珠《しほみつたま》〟を出して溺れさせなさい。もしも嘆いて許しを請うたら〝塩乾珠《しほふるたま》〟を出して生かしてやりなさい。こうして悩ませ苦しめなさい」

と、〝塩盈珠〟〝塩乾珠〟を授け、ワニの背に乗せて送り出した。

西郷信綱も指摘するように、海神は山の神の眷属《けんぞく》で、同じ国つ神だ。海と山は古代、一つながりのモノと考えられていたからこそ、海幸と山幸が兄弟だったりするのであるが。

国つ神は、前回の山の神が「天孫の寿命は花のようにはかないだろう」と呪《のろ》ったように、呪いの名手と考えられていたのだろう。が、『古事記』を見る限り、その呪いの内容や呪いが実現する環境は、わりかし現実的だ。

天つ神は、鏡や剣やら釣り針を作る優れた先進技術はもっていたが、現地の住民を直接動かすに足る尊敬や信頼、それに基づく支配力や、土地勘などは、当然、もとからの支配者である国つ神が勝る。ホヲリがあんなに探して見つからなかった釣り針を、海神が魚を総動員してすぐ見つけたり、水を支配していると豪語するのは、現地の人々への支配力や、土地の知識があることを意味しているだろう。

こうした力が、天つ神から見れば、国つ神のもつ「呪力」と映ったのではと私は思う。

ホデリ（海幸彦）とホヲリ（山幸彦）兄弟の父であるニニギは、山の神の妹娘と結婚することで現地での権力を得たが、姉娘を「ブスだから」と退けたために国つ神の恨みを残し、その権力は長期安定を期待できない危ういものだった。

しかし息子の代になり、ホヲリが海神の娘と結婚することで、国つ神を味方につけることができた。

古代人にとって天と山と海が現世のすべてである。山の神の娘を母にもち、海神の娘を妻にもった天孫ホヲリの、これから生まれてくる息子は、「陸海空」の全覇権を掌握することになる。

その息子こそは初代天皇神武《じんむ》なのだ。

天孫降臨《てんそんこうりん》したニニギがすぐさま天皇にならず、山の神の婿になったり、その息子のホヲリが海の神の婿になるのは、そうやって国つ神と同盟を結ばなければ、地上の支配はムリだということで、逆にいうと神武が即位するためには、山の神や海神との婚姻によってその血筋を取り入れることが不可欠だったのだ。

最大のダメージを与える方法

父ニニギの代では、彼を呪《のろ》った国つ神は、息子の代のホヲリのためには、国つ神の呪いの手の内を見せ、呪いのセットに、呪文を添えて差し出した。

こうして国つ神を味方にした山幸彦ことホヲリは、その呪いの力で兄の海幸彦ことホデリを屈服させることができたのである。

それにしてもこの呪いは恐ろしい。

水を操る〝塩盈珠《しほみつたま》〟〝塩乾珠《しほふるたま》〟という魔法グッズは現代人の私にはそれほど怖い感じがしないが、とにかく怖いのは、

〝淤煩鉤、須々鉤、貧鉤、宇流鉤〟。

「おぼち、すすち、まぢち、うるち」

と声に出してよむだにまがまがしい。

意味を知ると、もっと恐ろしい。

まずそれぞれの語尾の「ち」が釣り針を意味するのはいいとして。

「おぼち」の「おぼ」は、おぼつかないとかおぼろげと同種で、はっきりしない、心が晴れないの謂《いい》。つまり「不安になる釣り針」である。

「すすち」の「すす」はススムとか荒むの意で「イライラする釣り針」。

「まぢち」の「まぢ」は貧しいで、「貧乏になる釣り針」。

「うるち」の「うる」は愚かの意で「バカになる釣り針」。

不安になってイライラして貧乏になってバカになる……。こんな釣り針、絶対ほしくない。

古典にはいろんな呪いがあって、平安時代の『医心方《いしんほう》』(九八四年)巻二十六仙道

篇には馬のたてがみだの犬の毛だのを使った〝令人相憎術〟…人を憎みあわせる呪術…が載《の》っているし、中世の説経節の『信徳丸』には、「人の嫌う病気になりますように」と継母が継子を呪うシーンも出てくる。しかし数ある古典の呪いの中でも、私はこの、どこか、とぼけた味が漂う『古事記』の呪いが最も恐ろしい。

「病気になりますように」とか「不幸になりますように」ではなく、不安にしたりイライラさせる呪いであるというのは、古代人が何を恐れていたかがわかると同時に、古代人の意外なまでの哲学性と聡明さを物語っている。

たしかに病気になっても家族の絆が強まったり、大切なことに気づいたりして、かえって幸せになる人もいるし、何が不幸で幸福であるかなど他人には判断できないものだ。が、イライラだとか不安だとかは、私も歯科心身症を患ったとき不安神経症と同じような症状を体験したことがあるので分かるが、本当にイヤな辛いものである。

貧乏だけ、バカなだけなら、幸せなこともあるだろうが、それにイライラと不安がプラスされたのでは、誰だって追いつめられる。

万策尽きて追いつめられた兄は、案の定、弟を攻めてくるが、ホヲリには海神のくれた魔法グッズがあるのだから、勝てるわけもない。

兄は弟の言いなりになって、その子孫は今も、塩盈珠で〝溺れし時の種々《くさぐさ》の態《わざ》〟を絶えず弟の子孫である皇室に奉納しているという。

なにも溺れたときの動作を再現して伝えずともよさそうだが、ホデリの降伏は念押しし過ぎてし過ぎることのないほど重要なものだったのだろう。『日本書紀』神代下第十段の一書第二によると、兄は弟の〝俳人《わざひと》〟もしくは〝狗人《いぬひと》〟として、子々孫々仕えることを誓う。〝俳人〟は『日本書紀』の正文には〝俳優《わざをき》〟とあり、二語は同義語で、神楽《かぐら》などで演劇をして神や人を楽しませる。〝狗人〟とは〝吠《ほ》ゆる狗に代りて〟天皇に仕える人のこと。ホデリの子孫である隼人《はやひと》一族は、天皇の即位式の際、犬のように吠えることを義務づけられていた。まさに「負け犬の遠吠《とおぼ》え」である。

愛と憎しみの呪い

それにつけても海幸彦こと兄のホデリは気の毒としか言いようがない。そもそも人に呪《のろ》われるのは、信頼を裏切り、屈辱感を与えるからであって、むしろ呪いたいのは、弟に釣り針をなくされた上、子々孫々まで犬のマネをさせられる兄のホデリのほうだろう。

これではあんまりひどいと当時の人も思ったのか、『古事記』より八年後に成立した『日本書紀』では、兄弟が二人で相談して〝さち〟を交換したことになっている。『日本書紀』の一書第三では、兄のほうから交換しようと誘った設定になっている。発した言葉通りに現実が運ぶという言霊《ことだま》が信じられていた当時、『古事記』に描かれた、まずいことを良いふうに言い換える必要があったのだろう。

しかし『古事記』が『日本書紀』に進化したなら、『古事記』はなんで葬られずに残ったのだろう。

それはきっと、これをぜひともこのまま残したいという人々がいたせいだ。

その人たちはどう考えても天皇に悪意を持つ人たち、神話では「国つ神」と表現される人たち、葦原中国《あしはらのなかつくに》にもとからいた支配者や、天皇家より先に降臨した出雲の権力者たちだろう。

というのも、なんでホヲリは兄を呪ったんだろう？　釣り針を弁償して受け入れられないことがこれほどひどい呪いに値することだろうか？　と思ってよく読むと、ホヲリに兄を呪うようにそのかし、呪法を授けたのはホヲリの妻の一族である国つ神なのだ。

ひょっとすると国つ神を味方につけて兄を退け、覇権を握ったと思っているのは天《てん》孫《そん》中心の考え方で、国つ神にすれば、天孫の長子であるホデリを退けるために、弟のホヲリを丸めこみ、弟を使って兄を亡ぼし、天孫の力を弱めるつもりだったのかもしれない。

しかし結局は、弟のほうが天孫の継承者となり、その力は強まった。そうして国つ神は天孫とまぐはふことで幾重にも姻戚関係を結び、天孫に取りこまれていくことになる。が、そのあいだにも国つ神と天孫のあいだに摩擦はある。

国つ神の呪いはそうした摩擦、つまり天孫との婚姻や離婚によって愛憎が発生する過程で、発揮されている。

イザナキが黄泉《よみ》の国に行った妻のイザナミに離婚を言い渡したとき、イザナミは、

「愛しいあなたがそうするなら、あなたの国の〝人草〟を一日に千人くびり殺そう」

と呪った。ニニギに「醜いから」と結婚を拒まれたイハナガ姫とその父は、

「天孫の命は木の花のようにはかないであろう」

と呪った。そして、兄に拒絶された弟は、海神の娘と結婚し、その協力を得て、

「兄が不安になりイライラして貧乏になってバカになるように」

という呪いをこめて釣り針を返却する。

国つ神の怨念《おんねん》ゆえの呪いである。

その後、海神の娘のトヨタマ姫はホヲリの子を妊娠。

「天つ神の御子《みこ》は私的に生んではいけないので参りました」

と、ホヲリのもとにやってくる。そして、

「別世界の人は出産の際は本国の姿に戻るので見ないでください」

と言うが、〝奇《あや》し〟と思ったホヲリが覗き見ると、そこには〝八尋《やひろ》わに〟がうごめき這《は》っていた。


美しい姫だと思っていたら巨大ワニだったとは。

見るや驚き畏《おそ》れたホヲリは遁走し、姫は姫で〝甚作《いとは》づかし〟と言って、海の通い路を塞《ふさ》いで帰ってしまう。もちろん子供は天孫の元に残して……。

その後、彼女は自分の妹の玉依毘売命《たまよりびめのみこと》（以下タマヨリ姫）を子供の乳母として派遣し、ホヲリへの恋慕に堪えないときは妹に歌を託したりするのだが。

この妹はのちに自分の甥であり、養子でもあるこのときの子供と結婚して四柱《よつはしら》の神々を生む。その末息子が神武《じんむ》天皇だ。彼が即位に至るにはまたまた兄弟間の争いがあるのだが、赤ん坊の乳母が妻になるというのも、考えてみれば凄い話である。

十四歳で乳母になったとして、夫との年齢差は十四歳。男が十二になって結婚するとしたら、女は二十六歳だから、年齢的には全然オッケー。出産はその四年後としても、四人くらいは生める。

平安時代も天皇より八、九歳年上の妃《きさき》などはいて、後白河天皇の女御《にょうご》の源懿子《いし》が二十八歳で皇子を生んだとき、夫の後白河天皇は十七歳。彼女より十一歳年下だった。叔母と甥との結婚も、珍しいことではない。

問題は妻となる人が夫の乳母であったことだが、『源氏物語』の斎宮女御《さいぐうの》（秋好中宮《あきこのむ》）は二十二歳のとき、十三歳の冷泉帝に入内《じゅだい》していて、その際、冷泉帝《れいぜい》の母藤壺には、

「幼いミカドの大人びたお世話役」

として期待されている（「澪標《みをつくし》」巻）。妻と同時に母親役を期待されたわけで、タマヨリ姫のスタンスに近いものがあろう。

古代の皇族はずいぶん狭い血筋の中で、婚姻を結び、権力闘争をしていた。国つ神と天つ神も親戚どうしだったわけで、だからこそ近親憎悪というのが容易に生まれ、呪いも盛んだったのかも。

垂仁《すいにん》天皇の項には、皇子の本牟智和気《ほむちわけ》が大人になっても喋《しゃべ》れないので占ったところ、「出雲大神《いづものおほかみ》」＝大国主神《おほくにぬしのかみ》の祟《たた》りであった。それで皇子自身に大神を拝みに行かせ、喋ることができたという記事がある。皇子はその後、現地の姫とまぐはって逃げてしまったので、追いかけられたという話もある。国つ神の代表である出雲族と天皇族の深

くて長い愛と憎しみの関係を物語っている。

『古事記』の作者は、天皇族の栄華に近いところにいて、しかも栄華の中心にはいない、世が世なら……という望みと恨みの断ち切れない、こうした人たちが書いたんだろうなあ、きっと。

7

大便美女のエクスタシー

——神武天皇の皇后ホトタタラの母

然、更求下為二大后一之美人上時、大久米命白、此間有二媛女一。是、謂二神御子一。其、所三以謂二神御子一者、三島湟咋之女、名勢夜陀多良比売、其容姿麗美故、美和之大物主神、見感而、其美人為二大便一之時、化二丹塗矢一、自下其為二大便一之溝上流下、突二其美人之富登一。此二字以レ音。下効レ此。爾、其美人、驚而、立走伊須須岐伎。此五字以レ音乃、将二来其矢一、置二於床辺一、忽成二麗壮夫一。即娶二其美人一、生子名、謂二富登多多良伊須須岐比売命一。亦名、謂二比売多多良伊須気余理比売一。是者、悪二其富登云事一、後改名者也。故、是以謂二神御子一也。（中巻）

（神武天皇にはすでに二人の妻がいて三柱の御子がいた）

けれども、さらに皇后とするための美しい乙女を探していた時、オホクメノ命が申しました。

「ここに乙女がいます。これは神の御子と言われています。彼女が神の御子と言われるのには、こんなわけがあります。三島のミゾクヒの娘で、名はセヤダタラ姫という者が容姿が美しかったため、三輪の大物主神《オホモノヌシノ》が見そめて、その〝美人〟が〝大便〟をする時、丹塗矢に化け、その〝大便〟をしていた溝を流れ下って、〝美人〟の〝ほと〟（陰部）を突いたのです。それでその〝美人〟が驚いて、立ちあがって走りあわてふためきました。すぐにその矢を持って、床のあたりに置くと、矢はたちまち麗しい男となりました。そのままその〝美人〟と結ばれて、生まれた子の名はホトタタライススキヒメノ命と言い、またの名をヒメタタライスケヨリヒメと言います。（これはその〝ほと〟という名を嫌がって、のちに名を変えたのです）。こんなわけでその乙女は、神の御子と言われるのです」

大便中に犯された美女

『うんこ文学史』という本を書きたいと思ったことがある。思うだけでなく、本を書きませんか？　と打診してくれた編集者に提案したこともあるが、却下されてしまった。

この手の本はすでに過去の大作家や今の学者や作家によって、かなり出されていることが発覚したからだ。

最近でも私がひそかに敬愛する林望《リンボー》先生が『古今黄金譚』という本を出している。サブタイトルは「古典の中の糞尿物語」。読んでみたら、私が素材にしようとしていたうんこ話がたくさん出てきて、これは私がやっても、二番煎《せん》じの感がぬぐえないというか、新味が出しにくい気がして、あきらめた。

しかしうんこへの思いはいまだ尽きない。

『古事記』に親しむようになって、ますますうんこ熱は高まった。

古代文学を読んでいて嬉しいのは、私の好きなうんこネタがたっぷり用意されていること。

スサノヲの脱糞事件、『風土記』における大穴牟遅神《おほなむぢのかみ》と少名毘古那神《すくなびこなのかみ》の大便の我慢比べなどなど。

仏教説話には多いうんこネタ（『往生要集』巻上なんかには、どんな美人もクソ袋だから執着するなとあって、これが代表的な仏教説話の理屈）だが、仏教色の薄い神話になぜうんこネタがこうも多いのか。

同じく仏教色の薄いというか、ほとんどないような私の心をこうもかき乱すうんこネタは、やはり私を魅了してやまない愛とまぐはひに通じる何かがあるのでは。

というのも、山幸彦ことホヲリの孫は神武《じんむ》天皇だが、この初代天皇という記念すべき地位にある男の皇后の出生というのが、うんこ絡みなのだ。

なんと彼女は、母親が大便中に神に魅入られて生まれた娘なのである。

この母はたいへんな美人だったので、奈良の三輪山《みわやま》の大物主神《おほものぬしのかみ》が一目惚れをした。

そして、その美女が、

〝為大便《くそまる》〟

ときに、〝丹塗矢《にぬり》〟…赤く色を塗った矢…に化けて、大便をする溝を流れ降りてきた。

古墳時代のトイレは側溝を掘って、そこに川の水を引いて、汚物を流すという、水洗トイレだったのだが、そうして美女のもとに流れついた丹塗矢が、美女の〝ほと〟を突いたのである。

神が来るのはふつう夜だから、時はおそらくは夜だ。

明かりはたぶん月や星々の光のみ。

汚物の流れる方向からすると、美女は上流に向かってしゃがんでいただろう。〝ほと〟を突かれたのは、脱糞後の、ほっと一息ついた瞬間に違いない。無防備な体勢で油断していた時ではあり、美女は、

「ああっ」

と驚いた。思わず立ち上がり、走り出していた。裾につまずきそうになりながら、やっとの思いで、外にあるトイレから屋内に移動し、床に、おそらくは横になった。そうして、〝ほと〟から丹塗矢を引き抜いて、床のそばに置いた。するとその矢は、たちまち美しい男になった。

男はそのまま美女とまぐはって、娘が生まれた。娘の名は〝富登多々良伊須々岐比《ほとたたらいすすきひ》売命《めのみこと》〟（以下ホトタタラ）。〝ほと〟に矢が立って慌てふためいたという意味だ。

神武天皇にはすでに子供を二人生んだ妻がいたが、さらに皇后とするための乙女を探そうということになったとき、

「この姫なら神の御子《みこ》だからふさわしいでしょう」

と、このエピソードが披露され、

「なるほど。だから神の御子なのか」

と、天皇の皇后にぴったりだということになり、すでに子を生んだ妻を差し置いて、この姫が皇后に選ばれた。

つくづく古代人は凄い。

今の宮内庁ではとてもじゃないが、通らぬ理屈である。

まぁこんな理屈は、平安時代だって鎌倉時代だって通るとは思えない。というか同じ古代でも、『古事記』から八年後の『日本書紀』ではトンデモ話扱いだったのか、このうんこ話は割愛されている。そして姫の名も「ホトタタラ」ではなく「ヒメタタラ」になっている。『古事記』でも「ホトタタラ」から始まる名前の「またの名」として〝比売《ひめ》多々良《たたら》伊《い》須気《すけ》余理《より》比売《ひめ》〟の名が載《の》っていて、理由としては、〝ほと〟の名を嫌ってのちに改めたというから、いくら由緒正しい生まれを示す名前であっても、ずばり女性器を冠する名前はさすがに恥ずかしいという意識はあったのだ。

「大便美女レイプ事件」とでも名づけたいような、このエピソードにはしかし、いろいろと不思議な点がある。

矢でほとを突かれてあわてた美女がその矢をなんで床のそばに置いたのかとか、細かいことを言うとキリがないが、第一の疑問としては、大物主神は結局は美しい男になって美女とまぐはっているのだから、初めからそうすればいいのではないか？　というのがある。

なんで初めは丹塗矢などに化けて、女性器を突くようなことをしたのか。丹塗矢に化けたのは自分が神であることを示すためではあるのだろう。丹塗矢の「丹」は赤土の意で、赤は神の色だから。

しかしそれなら、なんで、よりによって大便中に？　という疑問はぬぐえない。下半身をイヤでもさらさざるを得ないトイレは、今も変質者の巣窟《そうくつ》で、女子トイレで盗撮男が捕まったなどというニュースには事欠かないが、神の目的は美女とのまぐはひにあるのだ。同じ下半身をさらした状態を狙うなら、小便のときのほうが適切ではないか。なぜ小便時ではないのだろう。

そう考えたとき、この話で大事なのは、「大便中」ということで、「大便中だからこそ」神は美女に近づいた。「大便」とか「トイレ」というのは、古代人にとっては神の世界に通じるような神聖なものであり場所であったからなのでは？　と、私は思い至ったのだ！（と、あえて強調……）。

大便の悦楽、解放の悦楽

大田区立郷土博物館編の『トイレの考古学』によると、古代のトイレ施設はこれまで、水に関わる祭祀《さいし》遺構と考えられてきたものが少なからずあって、「古墳時代の禊《みそぎ》跡発見」と新聞で大きく取り上げられたものが実はトイレ遺構であると思われることがあるという。

それは古代のトイレが溝に木の樋《とい》を埋めこみ、そこに水を流すというシステムをとっているものが多いことと、「籌木《ちゆうぎ》」と呼ばれる糞ベラの形が祭祀に使う「斎串《いぐし》」というものとサイズが似ていることがあり、両者は紛らわしいそうだ。

古墳時代の導水施設がトイレか祭祀施設かを見分ける決め手は、糞に混じる寄生虫卵や種子などだが、こうしたものが見つかってもまだ祭祀施設と主張する学者もいて、「糞尿を撒《ま》くような祭祀が行われた」とする説まであるらしい。アマテラスの大嘗殿《だいじようでん》に糞便をしたスサノオのエピソードが根拠になっているのだろう。

いずれにしても古墳時代のトイレの遺構は、祭祀施設と見分けがつかないような構造をもっていたわけで、実際、トイレは神聖な場所として祭祀施設に近い清潔さを保っていたのだと思う。川はそもそも禊ぎをする場所でもあるのだから、その川の水を引いた古墳時代のトイレが、神と出会うような神聖な場所と考えられていても不思議はない。

古墳時代だけではない。

トイレという場所は、今も別世界に通じているような、とくべつな空間であるという意識は根強い。汲《く》み取り式の頃は下から手が出てきて引きずりこまれるとか、近年では『トイレの花子さん』なんて学校の怪談話があるのは、トイレに対する人々の畏《おそ》れの感情を物語る。それは一つには、密室で行う脱糞という行為が、一種、非日常的な快感を伴うからではないか。

脱糞とまぐはひ

脱糞。

それは、魂が入れ替わるようなエクスタシーをもたらす。と私は感じる。禊《みそ》ぎの原義は「身削ぎ」、身の汚れを削ぐことだというが、脱糞こそは究極の禊ぎ。気持ちよくそれが出たときの肛門を貫く快感は、何にも代え難い。それを越える快感といえば私は一つしか知らない。その快感とは、もちろん本稿を貫くテーマにまつわる快感である。

私がその快感を知ったのは二十四、五歳の頃。「イク」ということを知らなかった

私は、当時つきあっていた男とまぐはひ中、ほとのあたりに触れられながら、

「お尻の穴に力を入れてご覧」

と言われた。その通りに頑張ってみると、急にイクことができたのである。

私はふだん鼻づまり気味なのだが、感動したのは、イク寸前からイクときにかけては鼻がスカーッと通ったこと。鼻も耳も毛穴も、カラダ中の穴という穴が次々に開く。後ろの穴と前の穴はつながっていて、カラダ中の穴を支配しているんだなぁとつくづく思った（これって最近よくいわれる「骨盤底筋トレーニング」にも近い気がする。尿漏れや子宮脱などの予防にもつながり一石二鳥！　と更年期の今は思う）。

古代人はたぶんそういう、まぐはひの快感の仕組みを知っていたのだろう。

肛門と膣《ちつ》は隣りあい、連動しあって、うねうねと蛇のように蠕動《ぜんどう》することで女を別の世界に連れて行く。

摩擦の果てに不意に訪れる、閉じていた穴という穴が解き放たれる悦楽。

α波やβエンドルフィン出まくり状態。

もしや神懸りとは、神とのまぐはひによって、こういう境地に達することを意味していたのではないか。

巫女《みこ》は売春婦のルーツだというが、巫女はそうやっていつも神とまぐはっているか

ら、人ともまぐはふようにスライドしていったのでは。

などと私は思ったものだ。

『古事記』で三輪の大物主神《おほものぬしのかみ》が狙いの美女のほとを大便中に突いたのも、そこが禊ぎの場所にも通じるトイレという空間であって、性的なエクスタシーにとても近い脱糞のエクスタシーが得られる場所であったからだ、きっと。

しかも、脱糞のエクスタシーというのは、まぐはひのそれと比べるとずっと日常的。一人で得ることができるし、便秘さえしなければ毎日、得ることができる。それでいてその快感は、非日常の領域のそれだ。

初代天皇の皇后が、大便中に神にほとを突かれて生まれた、だから神の子だなどと堂々と書いてしまう『古事記』は凄いと私は思っていたが、脱糞とは実は最大の禊ぎにして、非日常のエクスタシーを日常で得られる奇跡的な体験であると思えば、これ以上、縁起の良い出生もないわけだ。

だから大便美女の子も、「ホトタタラ」の名は嫌っても、大便中の母が神に犯されて生まれたという出生話を嫌った様子はない。

鳥の糞などを踏んだり、ひっかけられたりすると、

「かえって運がついて良い」

などというのも、根っこにはこの手の思想があるのだろう。だから古代には「くそ」という名の娘がいたり（角田文衛『日本の女性名』上）、平安時代も「こやくしくそ」と呼び名に「くそ」をつけて呼ばれる例もある（『大和物語』一三八）。それは「くそ」が縁起が良いと考えられていたからで、「くそ」は、超自然の霊威を表す「奇《くす》し」に通じる。

大便パワーなのである。

などと大げさに言ってはみたが、さかりのついた年頃であれば、トイレでまぐはふというのは今も無いことではあるまい。週刊誌などでは新幹線のトイレで彼氏と示し合わせてとか、レストランのトイレでとか、書いてある。

まして古墳時代のトイレは天然の水洗便所だったので少なくともその場所は清浄だし、広さもあったろうから、今のトイレより快適なケースもあったろう。禊ぎの場所を兼ねていれば、西洋のようにバストイレ感覚で、利用していた向きもあるのではないか。

そう考えるとこの大便美女の話も、その実、以前から美女と示し合わせていた男が、姫が一人になる大便中を狙って忍びこんできて、それでまぐはひして生まれた子供を、

「神の子」などと主張したということもあり得る。もちろん単なる変質者のしわざということもあろうが、男が女の家に通う妻問《つまど》い婚の当時、得体の知れない男の子供を孕《はら》んでしまうというのはあり得ることで、そういう場合、「神の子」などと言い張ることもあったのではないか。女の血筋が良くて、異常な美貌であったりした場合はとくに。

そういえば平安時代の歌人の和泉式部も、子供を生むと、「誰が父親？」と聞かれ、しばらくしてまた「誰に決めた？」と問われてこんな歌を詠んでいた。

〝此世《この》にはいかがさだめんおのづから昔を問はん人に問へかし〟（『和泉式部集』七九七）

子供の父なんて現世では決められないわ、私が死んだあと、おのずと昔のことを聞く人にでも聞いて頂戴《ちようだい》、というわけだ。

母親である自分が生きているうちは誰が父親だって、かまやしない。開き直りにも似たこのスタンスの元祖が、「父は神様」という大便美女の神話だろう。

え？　お父さんがいない？

いないどころか分からない？

それはあなた、神の子ですよ。

神といえば三輪。神と書いて「みわ」ともよむほどですから、きっと三輪の神様の御たねでしょう。それなら天照大御神の御子孫である天皇の皇后様にぴったりですよ。今も、そんなノリで、お妃候補が上がるのなら、面白いのだが。

大便美女の娘はその後……

大便美女から生まれたホトタタラは、きわめて明るい性格の、しかも絶世の美女に育った。

これはその美女が年頃になってからの話。

類は友を呼ぶというわけか。ホトタタラがいずれ劣らぬ美人友達と連れだって七人で野原に遊びに出かけた。それを見た神武《じんむ》天皇の臣下の大久米命《おほくめのみこと》が、「野原を七人の娘たちが行きますよ。誰と寝ますか」（〝倭《やまと》の　高佐士野《たかさじの》を　七行《ななゆ》く　媛女《をとめ》ども　誰《たれ》をしまかむ〟）

と天皇に歌いかけた。天皇は、七人の娘たちの先頭に、大便美女から生まれたと、かねて大久米命から聞いていた、噂のホトタタラがいるのを見て、言った。

「選べっていうの？　うーん、誰もいいコで難しいな。いっそ七人全部じゃダメなのかな？　ダメだよね。仕方ないなぁ。じゃあ一番先頭に立ってる年上の子と寝よう」

(〝かつがつも　弥前立《いやさきた》てる　兄《え》をしまかむ〟)

大久米命が使者になって、ホトタタラに天皇の意志を伝えると、ホトタタラはそれには答えずに、

「セキレイや千鳥やホオジロのように、どうしてあなたの目は大きく裂けているの」

(〝あめ鶺鴒《つつ》　千鳥真鵐《ちどりましとと》　などさける利目《とめ》〟)

と歌う。

「あなたにじかに会おうとして、あなたをよおく見ようと思って、私の目は大きく見開いているんだよ」(〝媛女《をとめ》に　直《ただ》に逢はむと　我《わ》がさける利目〟)

大久米命が答えると、ホトタタラは、

「お仕えしましょう」

と、天皇の求婚をオッケーする。

なんか不思議な文脈である。

これは大久米命が目に入れ墨をしていたのを意味するらしいが、私はなにかペローの童話の赤ずきんちゃんとオオカミの会話を連想してしまって、エロティックな意味があるように思えてならない。

「どうしてお婆ちゃんの目はそんなに大きいの」

「それはお前の可愛い顔をよく見るためさ」

最終的には、

「どうしてそんなに大きな歯なの」

「それはお前を食べるためさ」

ということになって、最後にペローによって、男は若い娘を狙ってベッドの脇までもぐりこむオオカミだから気をつけろという「教訓」がつくのだが。ホトタタラはさすがに大人の女というか、頭の回転が速くて、一回のやりとりで即「私が欲しいのね」と裏の意図を理解して、「わかりましたわ。天皇に私を差し上げますわ」と答えたというわけだろう。

かくて天皇は、三輪山《みわやま》から流れる川の支流のほとりにあるホトタタラの家を訪れて、

〝一宿御寝坐〟

した。一晩、寝たのである。

のちにホトタタラが天皇の後宮に参内《さんだい》したとき、天皇はこのときのことを思い出し、「葦《あし》の野原の汚い小屋に、菅《すげ》のむしろをいっそう清らかに敷いて二人で寝たね」（〝葦原の　穢《しけ》しき小《を》屋《や》に　菅畳《すがたたみ》　弥清《いやさや》敷きて　我が二人寝し〟）と歌って昔を懐かしんだという。

人の家を汚い小屋呼ばわりするとは、さすがは天皇だけあって鷹揚《おうよう》というべきか。ホトタタラの家はさして立派ではなかったようだ。

大便パワーで一発逆転

ここで終われば、大便美女の話もほのぼのとしたトーンで済んだものを、天皇の死後、皇后のホトタタラは骨肉の権力争いに巻きこまれる。

夫の子を三人生んだホトタタラは、夫神武天皇の死後は先妻腹の長男、つまり継子の多《た》（当）芸志美々命《ぎしみみのみこと》と結婚する。現政権の担い手が、前政権の担い手の妻と結婚するのは外国や戦国時代では珍しくないし、天皇妃がのちに継子の天皇の后になる例も古代にはある。

しかしホトタタラの継子夫は、自分の腹違いの弟三人、つまり妻の子供たち三人を殺そうとした。それを知ったホトタタラは、歌でそのことを子供たちに教え、子供たちは母の夫である自分たちの腹違いの兄を殺害するのだ。

こうして皇統は、大便美女の一族に伝えられる。

結局は、大便美女の天皇家乗っ取り作戦と読めなくもない。

スサノヲがアマテラスの田に大便をまき散らしたのも、姉弟の権力争いの過程のこと。古墳時代の大便は、権力交替の象徴みたいに考えられていたのだろうか。大便パワーで魂を入れ替え、一発逆転を目指す。

愛とまぐはひの古事記などと言いながら、非日常のエクスタシーといえば、最近では、脱糞のそれしか得られぬ私は、このように古代人の大便パワーについて思いを馳《は》せているわけです。しくしく。

8

大人のカラダになるということ

――ホムチワケ

故、到㆓於出雲㆒、拝㆓訖大神㆒、還上之時、肥河之中、作㆓黒樔橋㆒、仕㆓奉仮宮㆒而坐。爾、出雲国造之祖、名岐比佐都美、餝㆓青葉山㆒而、立㆓其河下㆒、将㆑献㆓大御食㆒之時、其御子詔言、是、於㆓河下㆒、如㆓青葉山㆒者、見㆑山、非㆑山。若坐㆓出雲之石硐之曾宮㆒葦原色許男大神以伊都玖之祝大庭乎、問賜也。爾、所㆑遣㆓御伴㆒王等、聞歓見喜而、御子者坐㆓檳榔之長穂宮㆒而、貢㆓上駅使㆒。

爾、其御子、一宿、婚㆓肥長比売㆒。故、窃伺㆓其美人㆒者、蛇也。即、見畏遁逃。爾、其肥長比売、患、光㆓海原㆒自㆑船追来。故、益見畏以、自㆓山多和㆒、此二字以㆑音。引㆓越御船㆒、逃上行也。（中巻）

こうして出雲に着いて、大神を参拝し終え、大和へ帰京する時、肥河《ひのかわ》の中に、黒木のままの簀の子状の橋を作り、仮宮をお造りして御子《みこ》（ホムチワケ）の御座所としました。そして出雲国造《いづものくにのみやつこ》の先祖で、名はキヒサツミが、青葉の繁る山の飾り物をその川下《かわしも》に立て、お食事を差し上げようとした時、その御子がおっしゃったのです。

「この、川下にある、青葉の山のようなものは、山に見えるが山ではない。もしや出雲の石硐《いわくま》の曾宮《そのみや》に坐《いま》す〝葦原色許男大神《あしはらしこをのおほかみ》〟（葦原醜男、大国主神）をお祀りして仕える神主の祭場ではないか」

そうお尋ねになったのです。お供に遣わされた王《みこ》たちはその言葉を聞き、様子を見ると喜んで、御子を檳榔《あぢまさ》の長穂宮《ながほのみや》にお迎えして、天皇のもとへ早馬による使いを差し上げました。

そしてその御子は、一夜、ヒナガ姫と共寝したのです。それでこっそりその〝美人〟を覗き見ると、蛇ではありませんか。御子は見るや恐れて、逃げ出しました。そのためそのヒナガ姫は嘆き悲しんで海原を照らし、船を使って追って来ました。御子はそれを見てますます恐ろしくなって、山と山の谷間から御船を引き上げ、大和へ逃げ上ったのです。

女が大人になるとき

「O塚さんのカラダはまだ大人になっていないんだね」

二十六歳の頃つきあっていた男に、まぐはひ後、言われた。

その男とのまぐはひでは私は、一度もイクことはなかったが、今まででいちばん好きだったのは誰かと問われたら、ほぼ間違いなくこの人だと言えるくらい、別れてからもしばらくはたまに夢に見るほど、好きだった。

なのに、彼はイッても私がイクことはなかった。

その前に一年近くつきあっていた人とはイケたのに。

そんなこととも知らずにその愛しかった男は、私の無反応なカラダを称して、「まだ大人になっていない」と表現したのだ。

へーっと思った。

大人のカラダになる。

私は、長いことそれは、初潮を迎えることだと思っていたし、一般的にはそっちが正しい。

昔の女はだいたい十二歳から十四歳頃に成人儀礼を行った。それはその頃に初潮が来るからで、それで女は大人の仲間入りをした。

平安時代なら「裳着《もぎ》」といって、上着の上に「裳」という腰から下の後ろ部分を覆うエプロンのようなものを着ける。百人一首の紫式部や清少納言などの女房階級が腰に着けているアレだ。貴人の前に出るときは必ずこれを着けなくてはダメで、裳着は社会的に大人の仲間入りすることを表していた。同時に、初潮が来るということは、まぐはひオッケーということを意味する。ということは、結婚できるということで、平安時代の『蜻蛉《かげろう》日記』でも、養女への求婚を断る際、作者は、

「まだ、〝まがまがし〟いほど幼い」

「生まれたてのネズミよりも幼い」

という言い方で、「初潮もきていない」という事実をほのめかしている（下巻）。

『源氏物語』でもわずか十歳の紫の上を所望する光源氏に、人々は〝ゆゆし〟と感じて断っている（「若紫」巻）。それでも光源氏は紫の上を拉致《らち》同然に手に入れるのだが、実際にまぐはひに及ぶのは、紫の上が十四歳になって、

〝何ごともあらまほしうととのひはてて〟…万事、理想的にすっかり整って…から
（「葵」巻）。

カラダができあがり、同時に男に対して恥じらいを見せるなどの女心が出てきてか

らである。

カラダが大人になれば心も大人になる。と昔の人は考えていたのである。

では男はどうか。

男には生理がない。

しかし、精通は、ある。

精通はあるが、生理が来ただけで一人前とみなされる女と違って、精液が出るだけでは男は大人とみなされない。

男は、生理が来て大人になった女とまぐはひして、初めて大人の男になる。大人の女の中でイッてこそ一人前と見なされる。

童貞のままだと、三十歳でも四十歳でも大人ではないのだ。

だから『源氏物語』の主人公の光源氏も十二歳で元服と同時に葵《あおい》の上《うえ》と結婚したのである。

ホムチワケ
垂仁《すいにん》天皇の皇子の本牟智和気御子《ほむちわけのみこ》（以下ホムチワケ）は、見た目は大人なのに、いつまでたっても大人の男になれないでいた。ヒゲぼうぼうのオッサンになっても、

『日本書紀』によれば三十歳という当時の男なら下手《へた》をすると孫のいる年になっても、口もきけずに〝児《わかご》〟のように泣いてばかりいた。

それには次のようなワケがある。

ホムチワケの母で、垂仁天皇の皇后だった沙本毘売命《さほびめのみこと》（以下サホ姫）は、夫を裏切って兄沙本毘古王《さほびこのみこ》（以下サホ彦）のもとに走ってしまった。兄に、

〝孰愛夫与兄歟〟

夫と兄とどっちが愛しいか、と聞かれて、

〝愛兄〟

と答えてしまったのである。すると兄は、

「ほんとに私を愛しく思うなら、私とお前で天下を治めよう」

と言った。そして、

「これで天皇を刺し殺せ」

と、小刀を妹に渡した。

サホ姫は兄に言われたとおり、すやすやと寝ている天皇の首を刺そうと三度まで刀を振り上げたものの、何の疑いもなく自分の膝枕で眠る天皇の姿に、しみじみ哀れをもよおして、涙がぽたぽたと天皇の顔に落ちてしまったのだから、アンデルセンの人

魚姫さながら。目覚めた天皇は、

「いま変な夢を見たよ。あなたの古里の沙本《さほ》のほうからにわか雨が降ってきて、私の顔を濡らしたんだ。それに錦色《にしきいろ》の小さい蛇が私の首にまとわりついた。こんな夢を見るなんて、何かの前兆じゃないかなぁ」

昔の人は夢のお告げを信じていた。まして天皇という宗教的存在の見た夢だ。どうして意味のないことがあろう。

サホ姫は言い逃れできないと思い、正直にいきさつを話した。

天皇は、

「すんでのところでだまされるところだった」

と言うやすなわち軍隊を派遣して、サホ彦を討伐しようとした。

が、サホ姫は、

「やっぱりお兄様が好き」

という気持ちがつのって、裏門から逃げ出して、兄の砦《とりで》に入ってしまった。

このときサホ姫は妊娠していた。

天皇は妻恋しさに堪えず、すぐには攻撃を始めずに妻の出産を待った。

生まれた子供は男の子。

サホ姫は、

「この子を天皇の御子《みこ》とお思いなら受け取ってください」

とその子を砦の外に出した。

ひょっとしてこの子は兄サホ彦との禁断の愛の結晶では……などと私は邪推してしまうのだが。

殺されかけても、自分と敵対する男のもとに逃げられても、天皇はサホ姫を罰するどころか、恋しくてならなかったのだから、美女はトクというべきだろうか。

サホ姫は美しかった。

天皇はサホ姫を取り戻したい一心で、軍隊の中から〝力士《ちからひと》〟…力の強い者…を集めて、命じた。

「御子を受け取るときに、すばやくその母も奪い取れ。髪でも手でも、触れたところを手当たりしだいにつかんで引き出せ」と。

ところがサホ姫はそんな天皇の企てを予見して、髪を剃《そ》り、その髪でカツラを作って頭を覆った。そしてブレスレットのヒモをくたくたに腐らせて、三重に手に巻いた。

着物も酒で腐らせたものを身につけた。

そのため、御子を手渡す拍子に力士に引っ張られたものの、髪を取ればばさりと落ち、手を取ればブレスレットがばらりとほどけ、着物を取ればずるりと破れた。

後に残ったサホ姫は、頭は短髪で裸同然という、奇妙な姿だったに違いない。

それでもまだ天皇は未練があったのか、サホ姫に尋ねた。

「子供の名前は必ず母親が名づけるものだが、この子を何という名で呼べばいいのか」

子供は母方で育ち、母の権限の強かった当時、子供の名前は母がつけていたのだ。

サホ姫は答えた。

「炎に包まれた砦の中で生んだから、その名は炎を分けて生まれた御子(〝本牟智和《ほむちわ》気御子《けのみこ》〟)とつけて」

この時、サホ彦の砦は炎上していた。その後も天皇は、

「子供はどうやって育てたらいい」とか、

「そなたの結んでくれた私の帯は誰が解くんだ」

などと未練がましく尋ねたが、そのたびにサホ姫は律義に答えた。

そして最後には、サホ彦は殺されてしまう。それでサホ姫も、兄と共に死んでしまったのだった。

夫を裏切り、兄と共に死ぬことを選んだ女から、戦火の中で生まれたホムチワケが、

物言わず、泣いてばかりいるのは、思えば無理もない。

その後、飛ぶ鳥を見て、「あうあう」と、顎《あご》を動かして片言を喋《しゃべ》ったので、天皇はその鳥を追わせて紀伊国から播磨、因幡、丹波、但馬、近江に至り、さらに美濃、尾張、信濃、ついには越《こし》の国まで行ってつかまえさせたが、ホムチワケがそれ以上の言葉の発達を見せることはなかった。

今ならカウンセラーや精神科医の出番となるところだろうが、天皇は夢のさとしと占いに頼った。

「我が宮殿を修理して、天皇の御殿と同じように整えれば、御子は必ず口をきくであろう」

天皇はそんな夢を見た。

夢の意味を占うと、〝出雲大神《いづものおほかみ》〟の祟りだという。

出雲大神とは、せっかく作った国を、天皇族に奪われた大国主神《おほくにぬしのかみ》のこと。天皇はさらに占いで選んだ二人の王をホムチワケのお供につけて、やはり占いで選んだルートを採らせて、出雲大神を拝みに行かせた。

そうしてホムチワケが、無事、礼拝を済ませた帰り、一行は仮宮《かりみや》に迎えられた。その仮宮は肥河《ひのかわ》（今の斐伊川《ひいかわ》）の中に、簀《す》の子《こ》のように橋を組み立てて造ったもの。そこへ、おそらくは大国主神の子孫であり、出雲国造《くにのみやつこ》の祖先である土地の支配者が、ホムチワケに食事を運んできた。青葉の山をかたどった作り物を、川下に立てて。

するとホムチワケは言ったのである。

「この川下にある、青葉の山のようなものは、山に見えるけど山じゃない。もしや出雲の岩陰の宮にいらっしゃる〝葦原色許男大神《あしはらしこをのおほかみ》〟を祀る祭場か?」

葦原色許男大神とは葦原醜男《あしはらのしこを》、ご存知、大国主神で、つまりは出雲大神だ。お供の二人の王たちは驚喜した。

「御子が言葉を喋ったぞ。早く天皇にお知らせしろ」

ホムチワケは檳榔《あぢまさ》の長穂宮《ながほのみや》に迎えられ、使者が大和に派遣された。

〝爾《しかして》〟

と『古事記』はいう。

〝其御子、一宿、婚肥長比売《ひながひめ》〟

ここの「婚」のよみ方は諸説あるので、あえてよみ下さなかったが、要するに、口をきいたその夜、ホムチワケは肥長比売(以下ヒナガ姫)という、そこに突然出てくる女とまぐはひしたのである。

男が大人になるとき

ヒゲおやじが、喋れたとたんに、まず、したことは、まぐはひだった。

このときヒゲおやじ＝ホムチワケが、童貞だったかどうかは定かではない。けれども『古事記』が書かれた時点でこそ天皇という呼び名はでき、垂仁《すいにん》天皇も権威の後づけのために天皇と呼ばれてはいるが、彼らがリアルタイムで生きていた頃はまだ「天皇」という呼称もなく、大王と呼ばれていた。数多くいる王のトップに過ぎないのである。

天皇に後世ほどの権威がなかったことを思えば、その御子《みこ》であるからといって、片言しか喋《しゃべ》れぬホムチワケが女とまぐはひする機会はそれまでなかったのではないか。あったとしても、大した意味もなかろう。

〝児《わかご》〟同然だったホムチワケが初めてまともに喋った。まさに、その夜に、おそらくは出雲の有力者の姫君であり、宗教的支配者であったヒナガ姫を、あてがわれたということに意味がある。

ホムチワケはこのとき初めて大人の男になった。

それは遅れた成人式だったのだ。

ところが、ホムチワケは何か感じるところがあったのだろう。事が終わってから、そっと、ヒナガ姫の様子を伺った。そしてその姿を見たホムチワケは驚いて、恐怖にすくんだ。

ヒナガ姫は蛇だったのだ。

怖くなったホムチワケは船で逃げた。それを知ったヒナガ姫は悲しんで、海原を照らして船で追ってきた。ますます恐ろしくなったホムチワケは、山の谷間へ船を引き上げて、大和へ逃げ帰ったのだった。

この話は、清姫《きよひめ》が逃げる安珍《あんちん》を追って蛇になるという道成寺《どうじようじ》縁起に通じるものがあるけれど、美女を犯す三輪山《みわやま》の大物主神《おほものぬしのかみ》にしても御神体は蛇であって、蛇というのはどうも性の象徴みたいである。

形は男性器に似ているし、まるごと獲物を呑みこむ生態は女性器にも通じる。注連縄《しめなわ》の形は蛇の交尾をかたどっていて、出雲大社のぶっとい注連縄もそれを意味すると以前、何かで読んだことがあるが、蛇のセックスというのはそれはそれは凄いらしい。吉野裕子『蛇』（法政大学出版局）が紹介する中本英一『ハブ捕り物語』（三交社）によると、ハブの交尾は、

「濃厚で、二十六時間もかかることがある」

という。

その間、飲まず食わずで絡み合い、ひたすら、まぐはひ続ける。

こんな旺盛な精力と、脱皮に象徴される生命力を持っていたから、太古、蛇は信仰の対象となり、蛇を祀る一族が力を持っていた。出雲の一族なんかはその類だ。それで新興勢力の天皇族としても、こうした旧勢力と婚姻を重ねていかざるをえなかったわけだ。

けれども出雲を中心とする旧勢力の蛇神信仰に、天皇族は、内心、おぞましさや恐怖を覚えたろうし、時代が下るにつれて野蛮視するようにもなったろう。

そういう天皇族側の感情がこの話には反映されているのではないか。

それに何よりホムチワケはヒゲぼうぼうのおっさんとはいえ、つい昨日までは泣いてばかりいて、人と会話で意志疎通もできなかったのである。それが、出雲に来て、やっと言葉を喋れるようになったその日に、蛇を意味する「長」という名をもつ〝肥《ひ》長比売《ながひめ》〟が出て来て（蛇は長虫とも言う）、まぐはひに持ちこまれたのだから、ホムチワケでなくても一日の刺激としては許容量を超えている。

ヒナガ姫のまぐはひパワー

思うにヒナガ姫のまぐはひは、蛇もかくやというような濃厚なものだったのだ。

以下、想像だが、闇夜にともされた僅《わず》かな光の中から、現れたヒナガ姫。蛇のうろこのようにぬめぬめと濡れたその肌や唇が、ホムチワケに絡みつく。そしてホムチワケのカラダのすみずみを小さな赤い舌がちろちろと這う。

「ああ、あう、あお」

せっかく言葉を得たというのに、ホムチワケの口から出てきたのはきっと、以前のような片言ばかりだったろう（あくまで想像）。

「御子《みこ》さま、どうかあたくしにも……」

今度はヒナガ姫がホムチワケにカラダをあずけてくる（これも想像）。生まれたての赤ん坊が母の胸に抱かれると、反射的に母の栄養を吸い取るように、目の前に投げ出されたヒナガ姫を、ホムチワケは吸い取っていた。吸い取っていたつもりだったのに、いつしかヒナガ姫のほうが、ホムチワケを呑みこんでいる。

ああ、ここは河ではなくて海なのだろうか……。

深い深い海に棲む透明なクラゲに捕らえられた小さな魚のように、ホムチワケは、弛緩《しかん》と収縮を繰り返すクラゲの内側で、だんだんと分解して溶けていく。

そうしてホムチワケが果てると、ヒナガ姫もいったんは死んだようになるものの、蛇が脱皮するように何度でも生き返っては、ホムチワケを呑みこみ続ける。

ホムチワケとのまぐはひはヒナガ姫にとっては、天皇族に先住民族のパワーを見せつける意味もある。ヒナガ姫は持てる力の限りを尽くした。

けれどもホムチワケにしてみれば、疲れを知らぬヒナガ姫のパワーは恐怖に値するものだった。

「この女……人間じゃないのでは……」

ホムチワケの疑念はしだいに確信に変わっていく。ヒナガ姫はと言えば、夜もすがら、まぐはひ続けたあと、さすがに疲れ果てたのだろう。死んだように眠っていた。そのヒナガ姫を、かすかな明かりをともして見たところ、蛇だ！　と、ホムチワケは思った。

あるいは、まぐはひ後、別室に消えていったヒナガ姫のあとをつけて覗《のぞ》いてみたところ、御神体である蛇をいかにも愛おしそうに祀るヒナガ姫を見たのかもしれない。そんな姿を夜見たら、蛇嫌いでなくても、ぞっとする。

いずれにしても、ホムチワケは、びびったのである。

それで逃げ出したのだが、結果的には、ホムチワケがしたことは「ヤリニゲ」で、あんなに力を尽くしたヒナガ姫としては、

「なぜ？」

の思いでいっぱいになり、悲しみのあまり追いかけたくなったのだろう。

ヒナガ姫は怒ったのではない。

たった一夜とはいえ、内臓の深きに受け入れた男が、自分におののいて逃げ出したことに対して、悲しみを覚えたのだ。

けれどもホムチワケに、そんなヒナガ姫の気持ちは伝わらない。

追いかける姫から、船を陸に引き上げてまで逃れるホムチワケの行動は、女に対する、なにか根源的な男の恐怖心を暗示しているようで、男と女の間には、なんて大きなミゾがあるのだろう。

と、目頭が熱くなってくる。

それにしても、ホムチワケはこんなことをして、出雲と大和の関係にヒビが入らなかったのか。

直後に大和側は約束通り、出雲大神のために立派な神宮を造ったから、帳消しになったのだろうか。

その後のホムチワケやヒナガ姫の動向が出てこないので、想像に任せるしかない。

女がイクということ

ホムチワケは、生理の来た立派な大人の女とまぐはって大人になった。そうして真っ先にしたことは、自分を大人にした女を棄《す》てることだった。

初めてまぐはった男と結婚する女は、今でもあるていどはいると思う。けれど最初の女とそのまま結婚する男の数は、それよりははるかに少ないだろう。初めての人である葵《あおい》の上《うえ》を気に入らなかった『源氏物語』の光源氏といい、イザナミを棄てたイザナキといい、男は最初の女のことは棄てるものなのかもしれない。もっともイザナミは黄泉《よみ》の住人になってしまったのだから、仕方あるまいが。

それにしても。イッて初めて大人の女と見なしていた例の男は、どこでそういう考えが身についたのか。ひょっとして彼の出身地では、そういう俗信があるのだろうか。たとえば、彼の出身地ではないが、近江の筑摩《ちくま》神社《じんじゃ》の「鍋冠祭《なべかむりまつり》」は、今は少女が鍋を被って練り歩いているが、昔は妙齢の女が関係した男の数だけ鍋を被って、神前に参ったというし（『伊勢物語』一二〇段でも歌に詠まれてます）、女の性は進んでいるほうが良いと考えている地方は今もあるのかも。

などと思ったが、彼と同じ県の別の人に聞くと、

「そんなの聞いたことない」

と、私の考えは即座に否定された。

9

倭建命《やまとたけるのみこと》のエロス

――倭建命

爾、臨二其楽日一、如二童女之髪一、梳二垂其結御髪一、服二其姨之御衣・御裳一、既成二童女之姿一、交二立女人之中一、入二坐其室内一。爾、熊曾建兄弟二人、見二咸其孃子一、坐二於己中一而、盛楽。故、臨二其酣時一、自レ懐出レ剣、取二熊曾之衣衿一、剣自二其胸一刺通之時、其弟建、見畏逃出。乃、追二至其室之椅本一、取二其背皮一、剣自レ尻刺通。（中巻）

　こうしてヲウスノ命（倭建命《やまとたけるのみこと》）は、その祝宴（クマソタケル兄弟の屋敷の奥に作った〝室《むろ》〟の新築祝いの宴）の日になると、少女の髪型のように、その結っていた御髪《みぐし》を梳《くしけず》って垂らし、叔母ヤマトヒメノ命のお召し物と御裳《みも》を着て、すっかり少女の姿となって女の中に紛れ込み、〝室〟の中に入って座っておりました。するとクマソタケル兄弟二人は、ヲウスノ命が化けた乙女を見そめ、自分たちのあいだに座らせて、盛んに祝宴をしました。そして、いよいよ宴たけなわの時になると、ヲウスノ命は懐から剣を出し、クマソの着物のえり首をつかみ、剣をその胸から刺し貫いたのです。その時、それを見た弟タケルは恐れをなして逃げ出しました。ヲウスノ命はすぐにその〝室〟の階段の下に追いついて、弟タケルの背中の皮をつかんで、剣を尻から刺し貫いたのでした。

美の力

韓国美人を売り物とするファッションヘルスなどの風俗業をサイトで検索して、そのあまりの美人度に、昔つきあっていた男が仰天し、興奮の報告をしてくれた。

久しぶりの電話と思えば、そんな話題かよ。

聞いていて、ふと意地悪な気持ちになって、

「行ってみたら」

と水を向けると、彼はまじめな口調で答えた。

「日本は韓国よりも経済的に強国だから（二〇〇四年現在）、こんな、女優並みの美人が出稼ぎに来て、風俗嬢になんかなるんだ。そんな人を買うなんて、良心がいたむ」

その言葉を聞いて、ムッとした。

なにさバカみたいに同情しちゃってさ。

そんな見ず知らずの風俗嬢以前に、もっと身近に心をいためるべき女はいるだろうが。たとえばこの私とか。

それに、だいたい相手は売っているんだよ。

同情するなら高いお金で買ってあげればいいじゃん。

そりゃあ儒教の強いお国柄だし、彼女たちの多くは好きでやっているんじゃなくて、中にはだまされたり、学費とかを稼ぐために仕方なく……という人もいるでしょうよ。よくは知らないけど、彼の言うように、韓国は女の社会進出が遅れていて（あくまで二〇〇四年現在の私のイメージ）、職業のチョイスが少ないとか何とかいう事情もあるのかもしれない。

ならばよけいに同情する暇があるなら、高いお金で買ってあげればいいのに。

だけど、だけどさ！　と、私が声を大にして言いたかったのは、

「もしもその韓国人風俗嬢がそれほどの美人でなかったら、あんたは同じように良心がいたむ？」

ということだった。その思いを言葉にして言うと、男は、一瞬、黙ってから、答えた。

「それほどいたまないと思う……」

彼と私の間に、しじまが流れた。

ああ、ブスな風俗嬢はほんとうにかわいそうだ。

彼の発言を一般化するわけにはいかないが、美が人を動かす大きな力であることは、今さらいうまでもない。

とりわけ女の美は、こうした男たちだけでなく、同性である女にも、子供たちにさえ、畏敬と憧れの念をもたらし、偉大な力を発揮するからこそ、古今東西、権力を得た女も、良縁を得た女も、けなげな子供をなした女も、飽くことなく美を目指すのだ。

古代においても、美の力は、女はもちろん、男にだって、とても露骨に働いていた。〝甚麗《いとうるは》しき神〟である大国主神《おほくにぬしのかみ》は、兄弟の中では低い地位にありながら、その美しさと優しさで有力者の娘や女首長を味方につけて、国作りの神となったし、〝甚麗しき壮夫《をとこ》〟であった山幸彦こと火遠理命《ほをりのみこと》も、海神の娘に助けられ、結婚して天皇家のいしずえとなった。

このように美は甚大な力を持つからこそ、その「歯止め」として、醜く腐乱死体となったイザナミが、人に死を与えたという神話が語られる。天皇家の祖先が、〝甚凶醜《みにく》き〟イハナガ姫を拒んだために、天皇が短命になったという神話が語られる。美への信仰があまりにエスカレートしてしまわないように、醜なるものにも力を認め、バランスを取っていたのだ、と私は思う。

それは何度も言うように、古代、それだけ美の力が大きかったからで、美の力を知っている神話の作者は、ここぞというときその力を有効に使っている。日本人なら誰でも知っている、日本神話きっての悲劇の英雄倭建命《やまとたけるのみこと》も、もしも神話作者が美しく描いていなければ、これほど有名になることはなかったろうし、後世の日本人の心をつかむこともなかったろう。

残酷とエロス

まぐはひにはあふれているものの、エロスという点では、『源氏物語』など後世の物語にひけをとる『古事記』の中で、倭建命《やまとたけるのみこと》は、異例にエロティックな存在だ。

それは一つには、彼が非常に美しい存在として描かれているから。

そしてその美しさゆえに、彼を取り巻く人々の心を揺るがし、深く記憶に刻まれることになったから、と私は思う。

倭建命は景行《けいこう》天皇の子で、はじめのうち〝小碓命《をうすのみこと》〟とよばれる。

景行天皇には皇子が八十人もいて、うち三人が皇太子になっているが、小碓命はその一人。『古事記』では景行天皇の項目のほとんどを彼の記事が占め、妻の弟橘比売命《おとたちばなひめのみこと》が〝后《きさき》〟と呼ばれるなど、天皇に等しい扱いを受けている。

〝やまとは　国のまほろば　たたなづく　青垣《あをかき》　山籠《ごも》れる　やまとしうるはし〟

というのも倭建命の有名な歌。美しいなぁ恋しいなぁ大和（倭）。

なぜ恋しいか。

そこに恋しい女たちがいたから。

そして、そこが故郷だから。

このとき倭建命は父の景行天皇に命じられ、まつろわぬ民を征服するため異郷にいた。そして、この歌をはじめ数首の歌を詠《よ》んで客死した。

この悲劇の英雄は、『日本書紀』では、その父に、

「見た目は我が子でも実体は〝神人〟だ」

とさえ称《たた》えられている。ところが敵には、恐るべき悪鬼のような残虐さを見せていた。

敵だけではない。

少年小碓命はまず実兄の大碓命《おほうすのみこと》を虐殺する。

父天皇の妃《きさき》になるはずだった美人姉妹を犯した大碓命は、父には別の女をあてがった。父天皇はそうと知ると、その女たちとまぐはふことはせず、息子の大碓命も気が咎《とが》めたのか、父の前に姿を見せなくなった。

大碓命と小碓命は同母兄弟、『日本書紀』によれば双子だった。

おそらく同じ母方の家に住んでいたのだろう。

天皇は小碓命に言った。

「なぜお前の兄は朝夕の食事に参らぬのか。お前がねぎらって教えさとすように」

しかし五日経っても大碓命は姿を見せない。

「なんでお前の兄は長いこと出て参らぬのか。もしやまだ話していないのか？」

天皇が問うと、小碓命は答えた。

「もうねぎらってやりました」

「どうねぎらったのだ」

「朝、厠《かわや》に入るのを待ち伏せして、つかみつぶして、手足を引き抜いて、こもに包んで投げ棄《す》てました」

小碓命はいとも簡単に言った。実の兄である大碓命の手足を、人形の手足でももぐように力任せに抜いて、ゴミのように棄ててしまったのである。しかもそのことを五日も報告せずに、悪びれもせず暮らしていた。

神話全体から見れば、こういう剛胆さは英雄の資質でもあるのだが、『古事記』の編者はまるで現代人さながらに、この凶暴な若者への恐れを表明する。恐れは、父である景行天皇によって表明された。

小碓命の〝建《たけ》く荒き情《こころ》〟を恐れた天皇は、

「西方に熊曾建《くまそたける》が二人いる。朝廷に従わぬ者どもだから、討ち取れ」

と九州への遠征を命じた。体《てい》の良い追放である。

が、小碓命はここでさらなる残虐を発揮して、父を震撼させることになる。

小碓命は姨《をば》（叔母）の倭比売命《やまとひめのみこと》に着物をもらって、熊曾建の屋敷へ行った。

屋敷は軍勢によって三重に守られ、熊曾建は奥に〝室《むろ》〟を作って、その新築祝いの宴を準備していた。

小碓命は宴の日を待って、当日になると、

〝如童女之髪、梳垂其結御髪、服其姨之御衣御裳〟

という姿で女たちの中に紛れこんだ。少女のように髪を結い、姨の着物を着て、完璧な少女の姿となって、現れたのだ。『日本書紀』によるとこのとき彼は十六歳。満で言えば十五歳。声変わりは済んでいるはずだが、カラダにはまだ少年特有の華奢なしなやかさを残していただろう。

少女姿の小碓命を一目見るや、熊曾建兄弟は、

「これはすごい美少女だ」

と絶賛した。ほかの女そっちのけで、『日本書紀』によると、

〝手を携へて〟…その手を取って…席に導いた。小碓命の手は、毛が生えたり、節くれ立ったり、ごつごつしたものでは、なかったのだろう。兄弟は、少女を自分たちの間に座らせ、酒を飲ませ、〝戯弄〟…もてあそんだ…。

どうもてあそんだかは分からないが、一帯で並ぶ者のない権勢を誇る兄弟は、少女が自分たちの枕席《ちんせき》に侍《はべ》ることは時間の問題と信じていたに違いない。たとえ少女が抵抗したとしてもそれもまた楽しい宴の余興だという気持ちになって、上機嫌で酔い、歌い、戯れたことだろう。

ところが。

宴もたけなわとなり、熊曾建兄弟がべろんべろんになった頃、少女に扮した小碓命は、ふところに隠し持っていた剣を素早く取り出したのである。

そして熊曾建の襟首をつかむや、ずばと胸を貫いた。

弟の熊曾建がおののいて逃げると、今度はその背中をつかみ、

〝剣自尻刺通〟

剣を尻から刺し通した。

尻を貫かれた熊曾建は、言った。

「その刀を動かさないでくれ。言いたいことがある」

そうして、小碓命の素性と名前を聞くと、こう言った。

「〝西方〟には我ら二人のほかに猛々しく強い者はない。しかし〝大倭国《おほやまとの》〟には、我ら二人にまして猛々しい男がいらした。だから私はあなたに御名を差し上げる。今より以後は、〝倭建御子《やまとたけるのみこ》〟と名乗られるがよい」

熊曾建が言い終わるやすなわち小碓命は、

〝如熟瓜〟

熟した瓜《うり》でも切るように、すぱっと熊曾建を切り殺した。

そして熊曾建の言葉通り、倭建命と称するようになった。

倭建命という名は、敵につけられたものだったのだ。

それにしても、兄の手足をもぎ取り、熊曾建を野菜のようにぶった切るという、人を人とも思わぬ倭建命の殺人方法は、『古事記』でも目立って残虐なものだ。

そしてすこぶるエロティックだ。

倭建命は、少女の姿で、熊曾建を殺している。新築祝いの宴席に、まるで女神が舞い降りたように、この上もなく美しい乙女の姿で現れて……。

倭建命には、猛々しさと、美少女と見まがう美貌が、同居していた。

それは矛盾ではなく、鮮やかなまでの彼の残酷さは、やはり美という強い力でなければ、支えられなかった、と私は思う。それもひたすら雄々しい美ではなく、女性的なたおやかさをあわせもった、完璧な美しさ。

女装の貴公子に尻を貫かれるという、屈辱的かつ倒錯的な方法で討たれた熊曾建が、断末魔の中で、彼を称える名を捧げたのも、殺気も殺意も発することなく、無情な機械か野獣のように任務を遂行した倭建命の、残酷というにはあまりに美しい芸術のような……と、殺人を称えるつもりはさらさらなくても、うっかり言ってしまいそうなほどの完璧さに、感動したからではないか。

「自分たちが世の中で一番強いと思っていた。しかし世の中には、このように神のような強さと美しさをもつ男がいたのだ」

そんな感動から、〝建〟という自分の呼び名を、捧げてみたくなったのでは。

男としてはもちろん、女装しても美しいというのは、「女として見てみたい」つまり「寝てみたい」と同性に言われる『源氏物語』の光源氏のような容貌であろうか。

いずれにしても本当に美しい人は、男女を問わず、中性的な匂いがするものだ。

女であっても凛々《りり》しく、男であってもなまめかしい。

男と女の美しさを兼ね備えてこそ完成する極めつけの美貌。

その両方を兼ね備えた者は、女の強さと男の強さの両方を兼ね備えると、古代人は考えていたのだろう。倭建命が、強敵熊曾建を討とうとしたとき女装したのは、策略以前に、女の形をすることで、自分の持つ「男の力」に加えて、持たざる「女の力」を取りこもうとしたのである。

甘く危険なホモの香り

男と女の力と美をあわせもつ女装の勇者倭建命《やまとたけるのみこと》への熊曾建《くまそたける》の従属。それは、「力への従属」というよりは「美への従属」と言えるのでは？　ということは、「愛への従属」に近いのでは……と、私は感じる。

完全な力を目指し、男でありながら女の形をすることで、女の力を取りこんだ者には、当然、

「男をとりこにする」
「骨抜きにする」
「愛の奴隷にする」

という女の力も、取りこまれるはずだ。女の力を取りこむ目的のメインは、このあたりにあるとさえいえる。

で、女の力を兼ね備えた英雄には、必ず雄々しいライバルがいるのだが、このライ

バルと英雄の間には、だから、決まってホモ的な香りが漂っている。

華奢な義経には、マッチョな弁慶がセットになっていて、両者の対決場面では、義経は〝女の装束〟で登場している（『義経記《ぎけいき》』巻第三）。のちに逃亡する際には、素性を隠すために、わざと弁慶が義経をぶん殴ったりもするのだが、そのあと弁慶が義経の袖にすがってさめざめと泣くのも、なんか、妻に暴力ふるったあとに、愛撫するDV夫のよう。

『平家物語』巻第九で、熊谷直実《くまがへのなほざね》が、組み敷いた平敦盛《あつもり》（十七歳）のあまりの美しさに〝いづくに刀を立つべしともおぼえず〟、助けようと思うものの、〝人手《ひとで》〟にかけるよりは自分の手で……と泣く泣く首を切ったあと、出家するのも、ホモ的だ。

こうした女性的な美少年とマッチョ男の、死と背中合わせであるがゆえにいっそう高まるエロティックなライバル関係のルーツは、記・紀神話の倭建命と熊曾建にあると思う。

エロティックなまでの残虐さという言い方もおかしいが、少年倭建命の殺人法はいつも、自分の性的魅力で、相手をたらしこんでおいて、殺すという、残酷なものだった。

熊曾建を殺した倭建命はそのまま出雲の国に進軍。そこの権力者である出雲建《いづもたける》を

「殺す！」と決意するや、すぐに出雲建と〝結友〟…友情を結ぶ…。

そしてあらかじめ用意した木製の偽の刀を腰に差し、出雲建と肥河《ひのかわ》で水浴びをする。垂仁《すいにん》天皇の皇子のホムチワケがヒナガ姫と契ったあの肥河で、倭建命は輝くような若い裸身をさらし、偽りの友を油断させた。油断させておいて、先に河から上がると、倭建命は出雲建の刀をさっさと腰に差して、言った。

「刀を交換しよう」

すでに出雲建の刀は倭建命の腰に差されたあとである。出雲建に否やはない。そうして彼が自分の用意した偽の刀を差すのを確認した倭建命は、

「刀を合わせてみようよ」

と誘った。出雲建は言われるままに刀を抜こうとしたが、偽の刀なので、抜けるはずもない。倭建命はすぐさま出雲建と交換した刀を抜くと、出雲建を打ち殺した。

打ち殺しただけでなく、こんなふざけた歌まで作った。

「ご立派な出雲建が帯びていた大刀は、飾りばかりが多くて、刀身が無い。ああお気の毒」（〝やつめさす　出雲建が　佩《は》ける大刀《たち》　黒葛多纏《つづらさはま》き　さ身無《みな》しにあはれ〟）

見かけ倒しの刀とは、これまた性的で、妄想がふくらむ。

ホモというより、小碓命《をうすのみこと》は本当は女だったのではないか。

兄の大碓命《おほうすのみこと》とは双子の兄妹だったのでは？

女でなければ、誰が男の持ち物を見かけ倒しと「実感」できるだろう！

いや、ホモだって男の持ち物は使うだろうが、ホモは男のそれをこのように見下すものだろうか。

私にはわからない。

私にわかることは、自分の美貌に迷って身を滅ぼしていく中年男を嗤《わら》う悪い美女のように、倭建命は容赦ない、ということだ。

『日本書紀』は、倭建命の体格を〝身長一丈《みたけひとつゑ》にして力能《よ》く鼎《かなへ》を扛《あ》げたまふ〟とか〝身体長《たか》く大きく〟とか、『古事記』にはない記述をわざわざして、倭建命の体格を強大に描いている。

　これは彼への同情を殺《そ》ぎ、ひいては、彼をたびたび遠征させることで死に追いやった父景行《けいこう》天皇への非難をかわすためだろう。実際は、たとえ長身ではあっても華奢なタイプだったのではないか。だから乙女に化けて相手の酔ったところを襲ったり、背中から刺したり、刀を奪って殺すというように、いつも相手の力をあらかじめ殺ぐようなやり方で、だまし討ちしているのではないか。兄の手足をもぎったのも兄が厠に入るという油断しきっている時だ。

もっとも、より確実に殺すには、だまし討ちするのが一番で、体格の問題ではないのかもしれないが。

いずれにしても倭建命に、ターゲットをだまし討ちした心の痛みは、なかった。人形のように兄の手足をもぎ、野菜のように熊曾建を切り、出雲建と偽りの友情を結んでゲームのように殺すという、現代の少年犯罪者も顔負けの倭建命。

そんな息子を、父の景行天皇は、現代人のように恐れた。

そして西方征伐の疲れも癒えぬ我が子に、今度は東方征伐を命じる。

さすがの倭建命も、

「天皇は私が死ねばいいと思っているんだ」

と泣いて姨《をば》の倭比売命《やまとひめのみこと》にすがった。

その後は姨の倭比売命や、妻の美夜受比売《みやずひめ》や弟橘比売命《おとたちばなひめのみこと》といった女たちに助けられる形で東方平定を完成。完成させたあげくに、旅の途中で疲れ果てて死んでしまう。

死に際しては、「やまとは国のまほろば」はじめ数首の歌を詠《よ》んで故郷と妻を慕い、その死を妻子が嘆き悲しむという、完全な悲劇のヒーローとして描かれている。

死後は大きな〝白智鳥《しろちとり》〟となって天かけていったという後日談も、美貌の貴公子にふさわしく、麗《うるわ》しい。

『日本書紀』によると、享年三十。

父景行天皇の百三十七歳（『日本書紀』によると百六歳）、兄成務《せいむ》天皇の九十五歳（『日本書紀』によると百七歳）という、べらぼうな長寿と比べずとも、いかにも、はかない。


けれども彼が敵をも魅了するような美貌の持ち主でなければ、その悲劇的な人生が、これほど後世の人の胸に刻みつけられたかというと、疑問だ。

『古事記』の作者はなぜ、こんなに大和（倭）に尽くした倭建命を残虐に描き、そんな残虐な倭建命を、美しく描いたのか。

まずは美しいからこそ、人をひれ伏させ、残酷な結果を招いたという筋になったというのがあろう。

それに『古事記』の作者は、せっかく作った国を天皇家に奪われた出雲の権力者の関係者だったから、出雲建を殺した倭建命に憎しみを覚えていただろう。それでことさら残虐に描いたということもあったかもしれない。

けれどそれ以上に、東西平定という偉業を成し遂げながら、父天皇に殺されるような形で死んでいった彼に、同じ政治的敗北者として、共感と同情を覚えてもいただろう。

だから、倭建命には美が与えられた。

倭建命に、すべての読者の涙がそそがれるように。胸が詰まるような心のうずき、心のいたみを感じさせるように……。

三十で死んだ美男なんて、そりゃあ、それだけで同情しちゃうね私は。

10

まぐはひ男女同盟

——神功皇后

其大后息長帯日売命者、当時、帰レ神。故、天皇、坐二筑紫之訶志比宮一、将レ撃二熊曾国一之時、天皇、控二御琴一而、建内宿禰大臣、居二於沙庭一、請二神之命一。於是、大后帰神、言教覚詔者、西方有レ国。金・銀為レ本、目之炎耀、種々珍宝、多在二其国一。吾、今帰二賜其国一。爾、天皇答白、登二高地一見二西方一者、不レ見二国土一、唯有二大海一、謂二為レ詐神一而、押二退御琴一、不レ控、黙坐。爾、其神、大忿詔、凡、茲天下者、汝非二応レ知国一。汝者、向二一道一。於是、建内宿禰大臣白、恐。我天皇、猶阿二蘇婆勢其大御琴一。自レ阿至レ勢以レ音。爾、稍取二依其御琴一而、那摩那摩邇此五字以レ音。控坐。故、未幾久而、不レ聞二御琴之音一。即挙レ火見者、既崩訖。（中巻）

その大后《おおきさき》オキナガタラシヒメノ命（神功皇后）は、その時、神を依りつかせたのです。

それは、天皇（仲哀天皇）が筑紫の訶志比宮《かしひのみや》にいらして熊曾国を討とうとしていた時のこと。天皇は御琴を弾いて、タケウチノスクネノ大臣《おおおみ》は祭場に居り、神のお告げを請いました。すると大后に神がのりうつり、教えさとして仰せになるには、

「西方に国がある。金銀をはじめ、目もくらむようなさまざまな珍宝がたくさんその国にある。私は今、その国を服従させ、そなたに与える」

それを聞いた天皇は答えました。

「高い所に登って西方を見ても国土など見えない。ただ大海があるだけだ」

そう申して、偽りをなす神だと思って、御琴をおしのけ、弾かずに黙っておられました。すると大后にのりうつったその神は大いに怒って仰せになりました。

「およそこの天下はお前が統治すべき国ではない。お前は一直線にあの世へ向かえ」

そこでタケウチノスクネノ大臣が申すには、

「畏れ多うございます、我が天皇、もう一度その大御琴《おおみこと》をお弾きなさいませ」

それで天皇はのろのろとその琴を引き寄せ、〝なまなまに〟…いい加減に…弾いておられました。

するとまだどれほども経たぬうち、御琴の音が聞こえなくなったのです。すぐに火を掲げて見ると、天皇はすでに崩御されたあとでした。

謎の死を遂げた仲哀天皇

「さわらぬ神に祟《たた》りなし」の神とは、八百万の神のことではない。

生身の女のことである。

殺人事件を起こすほどのストーカーになるのは男に多いから、生身の男も当てはまるのでは？　と言う向きもあろうが、男の場合は、さわられなくても勝手に「自分こそ彼女にぴったりの人間だ」などと思いこんでトラブルを起こすことも多い。一方、女はさわらなければ何ともないことがほとんど。

女はさわるからこそ祟りがある。

まぐはふからこそ、女は神にも鬼にもなるのだ。

仲哀《ちゆうあい》天皇に祟った神もずばり女神のアマテラスをはじめとする神々だった。

そして、その神の正体をそれと暴いたのは、仲哀天皇の大后《おおきさき》のオキナガタラシヒメノミコト（神功皇后《じんぐう》）だ。彼女は当時、イタコのように神を寄せることができた。今ならオカルト番組にでも出て引っ張りだこになって、それなりに重宝されようが、当時は重宝どころか、神の声を聞く巫女《みこ》は、神そのものに近い敬われ方をした。というか、神そのものだった。

倭建命《やまとたけるのみこと》の子の仲哀天皇は、神に祟られて頓死した。しかもその神は、自分の后《きさき》である神功皇后に憑いた神だった。

その日、天皇は九州にいて、熊曾《くまそ》を討つにあたっての神のアドバイスを聞こうと、琴の音色で神を呼ぼうとしていた。

天皇が神意を請うと、皇后が神がかりして言った。

「西方に国がある。金銀はじめ、目にもまぶしい珍宝がどっさりその国にある。私が今その国を降伏させてあげよう」

すると天皇は、

「高い所に登って西のほうを見ても国は見えない。大海があるだけじゃないか」

そう言って琴をほっぽらかし、そのまま黙ってしまった。神は怒った。

「そもそもこの天下はお前の支配すべき国ではない。お前は一直線にあの世への道を行け」

神は天皇に「死ね」と言った。そばにいた建内宿禰大臣《たけうちのすくねのおおおみ》は天皇に進言した。

「畏《おそ》れ多いですぞ。琴をお弾きになってください」

天皇はしぶしぶ琴を引き寄せ、いいかげんに弾いたところ、いくらも経たぬうちに、琴の音が聞こえなくなった。すぐに火を掲げて見ると、天皇はすでに死んでいたのだった。

自殺、謀殺、虐殺と、さまざまな死のある『古事記』の中でも、この事件は際だって謎めいている。なにしろ死んだのは現役の天皇だし、火を掲げて見なければ、見えないほどの闇の中での突然死。

『古事記』の記事はあまりにあっさりしていて、分からぬことが多いのだが、はっきりしているのは、この闇の中にいたのは天皇と皇后と建内宿禰の三人で、天皇に「死ね」と言ったのは、神がかりした皇后その人だということ。そして天皇の死後、改めて神意を問うて、国の支配者を決めたあと、ただちに西方の国である新羅《しらぎ》に、皇后自ら進軍している。しかもその後は建内宿禰に助けられ、仲哀天皇の他の妻が生んだ皇子たちを殺して政権を握っている。

と、こうくりゃ、天皇は、皇后と建内宿禰の謀略で暗殺されたという見方が当然出てくるわけで、私もそう思う。

しかし、なんで天皇は二人に殺されなければならなかったのか。

新羅攻撃を渋る天皇が邪魔だったからだが、もう一つは、天皇に代わる「新しい支配者」を二人は立てたがっていて、その意味でも天皇は邪魔だったからだ。

天皇の死後、改めて神意を問うたとき、神の口から、ということはつまり皇后の口から出てきた「新しい支配者」とは、そのとき皇后自身のお腹にいた皇子だ。皇后は自分の皇子を天皇に立てたかったのだ。だから天皇の死後は、天皇の他の妻が生んだ子供たちを殺して、お腹の子供を即位させるまでは自分が政権をとった。これはもうぜがひでも自分のお腹の子を天皇にしたかったからで、その邪魔者はみんな殺したわけである。


ん？


と思ったあなたは正しい。

天皇の他の子供を殺すなら分かるが、なんで天皇まで殺さなきゃいけないのか。お腹の子は天皇の皇子でもあるわけで、なんでその子を支配者にするのに、父の天皇まで殺されなくてはならないのか。

どう考えてもおかしい。

しかし、ある一つの可能性を立てれば、おかしな話ではなくなってくる。

それは、皇后のお腹の子の父が天皇ではなく、別の男であるという可能性である。

疑惑の妊娠出産

神功《じんぐう》皇后の皇子の父は仲哀《ちゆうあい》天皇ではない。

これもまた古来、繰り返されてきた説だ。

なぜって、あからさまにおかしいから。

『古事記』にしても『日本書紀』にしても、これは絶対仲哀天皇の子じゃないですよ！と、わざわざ遠回しに知らせるような書き方をしているのだ。

なんてったって出産時期が合わない。

神功皇后の妊娠出産時期は『古事記』にははっきり記されていない。が、『日本書紀』によると、皇后は、仲哀天皇の八年九月五日に神のお告げで「たった今皇后は妊娠した」と知る。

神のお告げといっても、皇后に憑《つ》いた神なので、要するに皇后自身が、

「たった今、私は妊娠した」

と天皇に申告した日がこの日なのだ。そして天皇の崩御は翌九年の二月五日（『古事記』によると壬戌《みづのえいぬ》年の六月十一日）。皇后の出産予定月は九月だったが、新羅《しらぎ》遠征の最中だったので、石を腰に付けて出産を止め、生んだのは十二月十四日である（『日本書紀』）。石で出産が止まるものなのか、出産経験者としてはとても信じられな

いが、『日本書紀』によると、しかもこのとき皇后は、

「自分は女で不肖の身。しばし男の姿を借りて進軍だ！」

と男装していた。男装姿で産気づき、それを石で止めて戦争を指揮するとは、想像するだに異様……。

そもそも九月に妊娠して出産予定月が翌年の九月というのも計算に合わないのだが、産気づいてから三カ月も出産を止めていられるのも摩訶不思議だ。

結局、出産は妊娠から一年以上経ってるし、だいたい天皇が死んでから十カ月以上経っているんだから、要するにこの皇子は天皇の子じゃないと宣言しているようなものなのである。

まぁ老子なんかも母の胎内に何カ月もいたという伝説があって、偉人の出生というのは、神秘的な色がつけられるものだが、神功皇后が生んだ応神《おうじん》天皇の父はふつうに考えれば仲哀天皇という「天皇」なわけで、逆にいうと、この時代、父が天皇というだけでは何らの神秘性もありがたさもないほど、天皇の地位は低かったということを、証明しているようなもんかもしんない。

具体的な妊娠出産の日にちを記してない『古事記』にしても、皇后の疑惑の妊娠については「ほのめかし」をしている。

神功皇后は、その祖先からして妖しい妊娠話が絡んでいるのだ。というのも昔、新羅の国の沼のほとりで一人の賤しい女が昼寝をしていると、彼女の〝ほと〟に日の光が〝虹〟のように射していた。それを賤しい男が覗《のぞ》き見ていて、以来、女をつけ回して様子をうかがっていると、女は妊娠して赤い玉を生んだ。賤しい男はその玉をもらい受けた。と、神話はいう。

しかし何の関係もない男に、せっかく生んだ玉を譲るいわれもないわけで、これは要するに賤しい女と賤しい男がまぐはひして、生まれた赤い玉（のような子供）を、男が引き取ったということだろう。もちろん赤い玉の父親は必ずしもその賤しい男とは限るまいが。

で、その賤しい男は、赤い玉を大事にしていたのだが、罪に問われてとらえられ、解放してもらうためのワイロとして、赤い玉を、天之日矛《あめのひほこ》という新羅の王子に譲ることになった。

王子が玉を寝所に置くと、玉はたちまち美麗な乙女になったので、王子は彼女とまぐはって、正妻にした。ところが王子はだんだん妻に邪険になってきて、罵《ののし》った。DVみたいなこともあったのだろう。妻は、

「そもそも私はあなたの妻となるべき女ではない。故郷に帰る！」

と言って日本の難波《なにわ》に渡ってしまう。王子はすぐさま妻を追って難波に入ろうとしたが、渡りの神にさえぎられて果たせず、但馬《たじま》の国にとどまって、そこの女と結婚する(このへん、わりといい加減。女なら誰でもいいのか、お前は……って感じである)。

その子孫が神功皇后の母親の葛城之高額比売命《かづらきのたかぬかひめの》だという。

つまり新羅を攻撃した神功皇后の祖先は新羅の王子だったわけだ。ちなみに皇后の父方は開化《かいか》天皇の子孫の息長《おきなが》氏である。

なんでわざわざこんな話が『古事記』に紹介されているのか。

それは新羅を攻めた皇后と新羅の縁を語るためだといわれるが、それだけだろうか?

実は暴露記事じゃないか。

神功皇后にはこういう不思議な出産話がまとわりついていて、思うにこれは、

「はっきり言えないけどこれはヒントだから、あとは自分で考えてみてね」

という編者のメッセージなのではないか。

『古事記』の編者はこういうことを時々するのだ。

この話の直後に、秋山之下氷壮夫《あきやまのしたひをとこ》と春山之霞壮夫《はるやまのかすみをとこ》という兄弟が一人の女を争う物語があって、母親は弟に味方して、弟に女を得させたあげく、兄を懲らしめている。こ

れは次に出てくる仁徳《にんとく》天皇が皇位に即くまでの兄弟のいざこざを象徴するために前振り的に置かれたエピソードだと私は思う。仁徳天皇のいざこざもやっぱり弟が可愛い親の措置が原因で、兄弟どうしが争う話で、女絡みで殺人事件にまで発展している。

要するに『古事記』ははっきりとは言わないが、いたる所に、

「神功皇后の妊娠出産は疑惑だらけである」

と読者に思わせる要素を、惜しげなくちりばめているのである。

疑惑の皇子（のちの応神天皇）の実の父は？

『古事記』『日本書紀』の双方の記事からして、神功《じんぐう》皇后が生んだ皇子（のちの応神《おうじん》天皇）の父は、明らかに仲哀《ちゆうあい》天皇ではあるまい。

じゃあ誰か。

歴史に名が残っている人物だとすれば、それは建内宿禰《たけうちのすくね》しか考えられない。

仲哀天皇の怪死場面にいたのは皇后のほかにはこの人だけだ。

そして皇后が皇子を生んだあとは、父親よろしく、皇子を禊《みそぎ》の旅に連れて行き、無事、帰宅後は、皇后と二人して、皇子を囲んで祝いの歌を詠《よ》んだりしている。『源氏物語』の光源氏が、父帝の皇后だった藤壺とまぐはって、生まれた皇子（冷泉《れいぜい》帝）の

後見役になったようなものだ。

と、ここで私は一つの大きな疑問にぶち当たる。

そんなふうに一度は男女の仲になった二人が、果たして政治的に協力しあえるものなのか。しかも神功皇后は天皇の死後、子供も生んでいなければ再婚の様子もない。一方の建内宿禰には、たくさんの妻がいて、子供も大勢いたというのに。

いや、光源氏だって大勢の妻がいながら藤壺を支え、皇子（冷泉帝）をはぐくんだではないか。そのとき藤壺はすでに夫に先立たれて未亡人で……。

これって（もしも皇子の実父が建内宿禰だと仮定すれば）、神功皇后と建内宿禰と皇子の関係に、そっくりである。

両者の共通点を挙げると、

1、秘密の子供がいたこと、

2、（その子を天皇という極上の位につけるという）共通の目的に向けて協力する必要があったこと、

3、女が未亡人であり、

4、女のほうが男より位（立場）が上であったこと、

などだ。そしてこれらが、まぐはひした男女が協力しあえる条件でもあるだろう。

つまり子供をスターにして自分たちがその後見役になるという共通の目的があって、しかも女は年を取ったとしても褪せないステイタスの持ち主で、かつ未亡人という、男の保護本能をくすぐる存在……。

5、二人の間には長いことまぐはひがない、というのも条件の一つだと思う。

藤壺は、夫の死後、関係を迫る光源氏を警戒して、出家している。このまま光源氏と関係をもてば、やがて悪い噂が立って皇子の将来に傷がつくだろうし、かといって拒めば光源氏がヤケになって皇子の面倒を見ない恐れがある。それで出家した結果、光源氏としては自分だけでも皇子の後見をせざるを得なくなり、また藤壺との性関係は恋情がピークに達した時点で途絶えたので、藤壺が生きている限り、彼女への敬愛は消えず、生涯、彼女の力になったのだ。

これって、

「いったん性的関係を持った男女の間に友情は成立するか」

という問題とも関わってくるのだろうけれど、結果的には「ある条件」を満たせば成立すると私は思っている。

ていうか、友情とは別種の、

「まぐはひ同盟」のような強力な関係を、いったんまぐはひをもった男女は、打ち立てることが可能だと思うのだ。

それには互いに敬意をもっていて、しかも互いを異性扱い「する」という条件がクリアされなければならない。よく誤解されがちなのはここで、男と女はしょせん性が異なるのだから、同性の友達感覚でつきあうことは不可能なのである。いったん寝た女には、たとえ今は別れていても、

「いやー、きのう、すっごい可愛い女の子とデートして。あの子となら何もしないでも良いって感じ。食事するだけで幸せなんだよなー」

などと、ほかの女への好意を無防備にさらけだしてはいけない。もちろん女のほうも、

「彼との夜ったら最高なの。初めはあんまり好きじゃなかったけど、今はもう私のほうが彼なしではいられない」

などと手放しでほかの男を褒めてもいけない。

互いに「男と女なのだ」という意識を常に忘れずに、つきあっていた時以上に異性扱いし続けることで、良好な男女の関係は保てる。

このオキテは単に過去にまぐはひをした男女なら、夫婦にも通用することだと私は

思っている。

おかしな言い方だが、夫婦とて男女なのだから、互いを男女扱いしなければ、友好関係は築けまい。

しかし飽きるほどまぐはひしてしまった夫婦というのは、往々にして、この「互いを男女扱いする」ということができない場合が多い。だからいけないのだ。

まして、結婚もしてない状態で、飽きるほどまぐはひしちゃあ、なかなか男女扱いできないのはムリもない。

だから、まぐはひはほどほどにしておくのだ。

理性でやめておくのである。

神功皇后と建内宿禰は、それがデキた男女だと私は思う。

孝元《こうげん》天皇の孫（または曾孫）である建内宿禰。

孝元の子の開化《かいか》天皇の末裔、息長宿禰王《おきながのすくねのみこ》の娘である神功皇后。

いずれ劣らぬお坊ちゃまお嬢ちゃまの二人は、早い時期に恋を封印して、まぐはひも途絶えていただろう。そして、生身の女でありながら、神とあがめられる元恋人の前で建内宿禰は、いつまでも独身男のような顔で、彼女を崇拝する恋人のような態度で、振る舞ったに違いない。

神功皇后は、また崇拝に足る威厳を以てそれに応えた、のだろう。

二人は強力なまぐはひ同盟で以て、つぎつぎと政敵を倒し、皇后の子を即位させた……。

その子、応神天皇の父については、当時は周知の事実だったに違いない。けれど、それでも皆は、いーんだこれで……と思っていただろう。

皇子の父は天皇でなくていいんである。

神功皇后の子でありさえすれば。

『日本書紀』では一巻を与えられ、天皇扱いされている神功皇后。

崇《たた》りなす神でもある、その女の、子供でありさえすれば。

11 「恋の特権階級」に嫉妬した天皇

——仁徳天皇

亦、天皇、以二其弟速総別王一為レ媒而、乞二庶妹女鳥王一。爾、女鳥王、語二速総別王一曰、因二大后之強一、不レ治二賜八田若郎女一。故、思レ不二仕奉一。吾、為二汝命之妻一、即相婚。是以、速総別王、不二復奏一。（中略）

爾、速総別王・女鳥王、共逃退而、騰二于倉椅山一。於是、速総別王歌曰、

梯立《はしたて》の　倉椅山《くらはしやま》を　嶮《さが》しみと　岩懸《いはか》きかねて　我《わ》が手取らすも

又、歌曰、

梯立《はしたて》の　倉椅山《くらはしやま》は　嶮《さが》しけど　妹《いも》と登れば　嶮しくもあらず

故、自二其地一逃亡、到二宇陀之蘇邇一時、御軍、追到而殺也。（下巻）

　また、天皇（仁徳天皇）は、弟のハヤブサワケノ王《みこ》を仲介者として、異母妹のメドリノ王《みこ》を求めました。するとメドリノ王がハヤブサワケノ王に語って言うには、「大后《おおきさき》（イハノ姫）が強くて怖いからって、天皇はヤタノワカイラツメにきちんとした待遇もお出来にならない。ですから天皇にお仕えするつもりはありません。私は、あなた様の妻になります」

　そしてすぐさま二人は結ばれたのです。そのためハヤブサワケノ王は、天皇に復命しませんでした。

（中略）

　そこで、ハヤブサワケノ王《みこ》とメドリノ王《みこ》は一緒に逃げ退いて、倉椅山に登りました。そしてハヤブサワケノ王はこう歌いました。

「倉椅山が険しいので、あなたは岩をつかめずに、私の手を握っていらっしゃる」

また歌って言うには、

「倉椅山は険しいけれど、妻と登れば険しいものか」

　こうしてそこから逃亡し、宇陀の蘇邇《そに》に着いた時、天皇軍が追いついて二人を殺したのでした。

恋は特権階級の「遊び」

純愛がちょっとしたブームらしい（ように見える）（二〇〇四年九月当時）。

セックスがお手軽になった反動なのだろうが、私は純愛なんて嫌い。言葉の響きが気持ち悪いし、偉そうな字ヅラもイヤだ。

純愛をカラダの関係抜きの愛着と定義すると、それを良しとする考えは、歴史的に見ても、性を罪悪視する傾向とセットになりがちで、その先には力と道徳がモノを言う武士の時代、戦乱の世が待っていたりするし。カラダの関係があっても、心の底から好きなら純愛だと定義すると、じゃあ好きじゃなくてもカラダの関係があるのは何？　とか、純な愛があるなら不純な愛もあるの？　といった、不毛な議論を生むのもしゃらくさい。

そんな私が『古事記』を読むと、おおむねすがすがしい気分になる。性を罪悪視する仏教道徳やら、儒教道徳は普及してないし、純愛なんて薄気味悪い概念もない。

というと、『古事記』の人びとのまぐはひを、何かミもフタもないもののように思う人もいるかもしれないが、まぐはひには当然のように、性はもちろん愛も恋も含まれていると私は見ている。

出会う→〝麗《うるは》し〟とか〝端正〟と感じる→まぐはひ、というふうに至極簡単に描かれているので即物的な印象も受けるが、相手を〝麗し〟と感じた時点で、すでに「恋」が描かれていると言っていい。

『古事記』では、若くて高貴で綺麗な男女がいれば、必ずこうした恋や愛を含んだまぐはひが発生する。というか、『古事記』は天皇家の系譜が書かれているのだから、登場人物が高貴なのは当たり前である。

そして恋というのはかつて特権階級の遊び的な一面があった。

その典型が平安中期の『源氏物語』で、宇治十帖《じゆうじよう》には、大貴族薫の性抜きの、いわゆる「純愛」的な恋さえ描かれている。

源平時代の前には「本当に愛する人とは結ばれない」というこの手のメロドラマが盛んに作られたものだ。

『狭衣《さごろも》物語』とか『夜の寝覚《ねざめ》』とか、『源氏物語』の亜流といわれる物語はだいたい宇治十帖的な貴族の純愛モノ。

貴族はその実、性の快楽をむさぼってもいたのだが、そうなればなるほど皇后とか内親王とか斎宮《さいぐう》とか犯しがたい女への純愛なんてのが盛んに描かれるようになっていた。その意味で、性から離れた純愛ほど特権階級の遊戯的な性格が強いわけで、こういうものが流行《はや》るというのは、それだけ「階級格差」が広がっているということでもある。性の快楽も純愛の快楽も、そしてその苦しみもセットで得ている特権階級がいる一方で、指をくわえて純愛にあこがれるアブレ層が増えているというわけだ。

もちろん庶民でも美しければ、燃えるような恋の対象となっただろうし、身分の高い男や女に一目ぼれされて、その配偶者となることもあっただろう。

恋は、いずれの時代でも、経済力や美や若さや知性などのパワーがなければ、男女を問わずしにくいものであって、ましていわんや純愛をや、である。

『古事記』にも見ようによっては今でいう純愛めいたものが描かれていないわけではないし、まぐはひにまつわる辛い恋情や嫉妬《しっと》も、ちゃーんと描かれている。しかも平安時代の『源氏物語』なんかだと、

「可愛い嫉妬はいいけど、過度な嫉妬はちょっとね……」

といった貴族ならではの、感情表現をセーブする美意識も混じっているのだが、『古事記』にはそんな、よくいえばスタイリッシュな、悪くいえば小賢《こざか》しい判断なんてのはない。

恋と激しい嫉妬。

その上、純愛めいた感情さえ描かれているのが『古事記』下巻の冒頭。

かまどの煙で民の暮らしを案じる〝聖帝〟として有名な仁徳《にんとく》天皇の条である。

仁徳天皇の恋

仁徳《にんとく》天皇は『古事記』でも随一の恋多き男だ。

この人の情事の描写には、『古事記』には珍しく〝恋〟という文字がはっきり出てくる。仁徳天皇が恋を自覚するのは面白いことに、いつもその第一皇妃である大后《おおきさき》の石之日売命《いはのひめのみこと》（以下イハノ姫）の嫉妬《しつと》によって。

『古事記』はイハノ姫を描写する時、その容姿も年齢も書かず、いきなり、

〝甚多嫉妬〟

という。この読み方は学者によって違うが、意味は見ての通りである。

当時は一夫多妻が許されていて、天皇ともなれば皇后のほかに数人の妃《きさき》がいて当然だった。

しかし仁徳天皇の大后のイハノ姫は、「そんな決まり、あったの？」てなものである。天皇にはほかにも妃がいたが、イハノ姫の嫉妬があまりに激しいので、妃たちは宮中に入ることができないほど。異論を唱えようものなら、イハノ姫は〝足もあがかに〟嫉妬した。〝あがか〟というのは足掻《あが》くと同じ。足をばたばたさせて、足掻いて

もがいて、前にも後ろにも進めない、どうにもこうにもならない悔しい気持ちがよく表れている。

そんなに嫉妬深い大后がいるのに、仁徳天皇は根っからの女好きだった。吉備《きび》の黒日売《くろひめ》が〝容姿端正〟と聞くと、さっそく呼び寄せてまぐはった。しかし黒日売は、イハノ姫の嫉妬を恐れて、船で本国に逃げ帰ってしまう。天皇は黒日売を慕って歌を詠んだ。

「愛しいなぁ黒日売。行っちゃうんだ船で……」（〝沖方《おきへ》には　小船連《をぶねつら》らく　黒鞘《くろざや》の　まさづ子我妹《こわぎも》　国へ下らす〟）

ところがそれをイハノ姫が聞いて激怒した。

「ええぃ憎らしい。船でなんか行かせるな。歩いて行かせなさいっ」

と、人を遣わして、黒日売を船から引きずり下ろし、歩かせて本国に追いやった。いつの世にも、女の嫉妬は相手の男ではなく、ライバルの女に向くというのが面白いが。

こうしていなくなった黒日売を天皇は〝恋〟うたのだ。

恋うあまり、

「淡路島を見に行きたい」

という口実を設け、ちゃっかり黒日売に会いに行った。恋はその人の不在を強く感じ

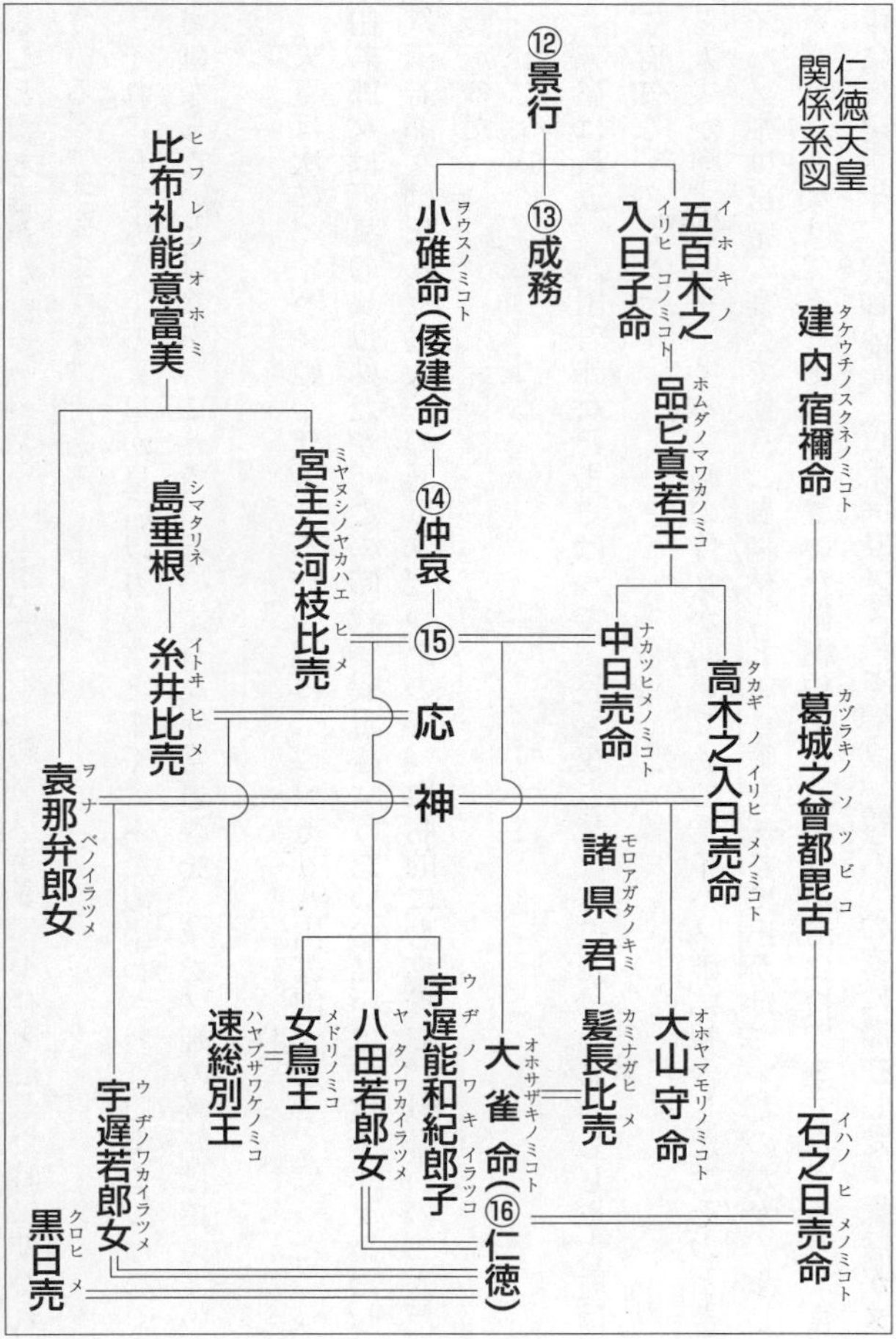
⑫景行
五百木之入日子命《イホキノイリヒコノミコト》
⑬成務
小碓命《ヲウスノミコト》（倭建命）
品它真若王《ホムダノマワカノミコ》
⑭仲哀
建内宿禰命《タケウチノスクネノミコト》
葛城之曾都毘古《カヅラキノソツビコ》
中日売命《ナカツヒメノミコト》
高木之入日売命《タカギノイリヒメノミコト》
⑮
応神
比布礼能意富美《ヒフレノオホミ》
宮主矢河枝比売《ミヤヌシヤカハエヒメ》
島垂根《シマタリネ》
糸井比売《イトヰヒメ》
袁那弁郎女《ヲナベノイラツメ》
諸県君《モロアガタノキミ》
髪長比売《カミナガヒメ》
大山守命《オホヤマモリノミコト》
大雀命《オホサザキノミコト》（⑯仁徳）
宇遅能和紀郎子《ウヂノワキイラツコ》
八田若郎女《ヤタノワカイラツメ》
女鳥王《メドリノミコ》
速総別王《ハヤブサワケノミコ》
宇遅若郎女《ウヂノワカイラツメ》
黒日売《クロヒメ》
石之日売命《イハノヒメノミコト》
仁徳天皇関係系図

ることだと誰かが言ってたが、『古事記』の〝恋〟はまさに不在を感じた時に使われている。I miss you なのである。

それにしても天下の天皇が皇后以外の女とまぐはふためにわざわざ口実を設けなくてはならないとは異例のことで、そのような異常事態を、イハノ姫の嫉妬は招いていた。

天皇は次に、イハノ姫が仕事で不在の隙に、こっそり八田若郎女《やたのわかいらつめ》とまぐはった。八田若郎女は天皇の異母妹だが、この時代、異母きょうだいの結婚は全然オッケーだし、八田若郎女は死んだ皇太子の同母妹だったので、血筋的にも高貴で、似合いの二人だったのだ。

ところが。

「天皇は最近、八田若郎女とまぐはって、昼も夜も戯れて遊んでいる。もしや大后はご存知ないのかな」

と人夫が噂するのを、イハノ姫の侍女が聞いていて、イハノ姫に報告した。そのときイハノ姫は宮中の宴会で使う〝御綱柏《みつながしわ》〟という葉を採りに出かけていたのだが、激しく怒った彼女は、それまで採っていた御綱柏をザバーッと海に投げ棄《す》てた。そして宮中には戻らず、奴理能美《ぬりのみ》（以下ヌリノミ）という〝韓人《からひと》〟の家に滞在した。大后がヌリノミとどういう関係かは知らないが、姫の父である葛城之曾都毘古《かづらきのそつびこ》は朝鮮半島との外交に活躍した人なので、そのつながりなのだろう。

今も昔も上流階級は国際的なものである。

仁徳天皇の嫉妬

私が仁徳《にんとく》天皇だったら、こんなに嫉妬《しっと》深い大后が帰ってこなかったら、これ幸いと、黒日売《くろひめ》やら八田若郎女《やたのわかいらつめ》やらを宮中に呼んで勝手にするかもしれない。が、嫉妬のあまり仕事を投げ出し、戻らなかったイハノ姫に対する、仁徳天皇の態度はオトナだった。

天皇はわざわざ鳥山《とりやま》という名の使者を遣わし、イハノ姫を迎えに行かせた。

「山代《やましろ》にそれ行け鳥山　急げ急げ　愛しの妻に追いついてくれ」（〝山代に　い及《し》け鳥山　い及けい及け　吾《あ》が愛《は》し妻《づま》に　い及き遇《あ》はむかも〟）

こんなに見え透いたご機嫌取りの歌を詠《よ》み、さらに使者の人数を足して、歌も重ねて詠んだ。

「大根の根っこのように真っ白な腕を、枕にして寝た仲じゃないか。帰ってきてくれ。知らん顔しないでくれよ」（〝つぎねふ　山代女《やましろめ》の　木鍬《こくは》持ち　打ちし大根《おほね》　根白《ねじろ》の

白腕《しろただむき》　枕《ま》かずばこそ　知らずとも言はめ》）

と、哀願した。まぐはひの記憶に訴えるとはさすが『古事記』の天皇だが、内容的には、あの甘い夜のこと忘れたのかい？　っていうわけで、考えてみれば、かなり恥ずかしい歌ではある。

しかしイハノ姫とて、天皇のことが嫌いなわけではない。出奔中も、天皇を恋う歌を詠んだりもしていたのだ。そこで天皇の使者とイハノ姫の侍女が相談して、

「大后は実はヌリノミに養蚕の方法を習おうとしていたんですよ。それでたまたまここに寄っただけで、別に他意はなかったんですよ」

ということにした。

「大后は嫉妬なんてしてませんよー。我が国の産業の振興のために活動していたんですよ」

ということにすれば、大后はもちろん、天皇としても面目が立つ。『古事記』ではこのあとイハノ姫は帰参したように読めるが、『日本書紀』によるとイハノ姫は二度と宮中に帰らなかったことになっている。

真相は闇の中だが、しかしこんな嫉妬深い大后を投げ出さなかった仁徳天皇は素直に偉いと私は思うのだ。

もちろん彼女はかの建内宿禰《たけうちのすくね》の孫娘、権力者の娘であって、四人も子をなしているから無視できないという事情が大きかったに違いないが、あくまで自分が下手《したで》に出て迎えに行こうと手を差し伸べるようなことは、女の扱いの下手《へた》な男には、とても出来るものではない。

だいたいこういうとき知らんぷりされたら、女の立場がない。

男が下手に出てこそ、女の心も解けようというもの。

仁徳天皇と比べたら『源氏物語』の桐壺帝はなんと子供っぽく小さい男だったろう。桐壺更衣を愛するあまり、第一皇妃の弘徽殿《こきでんの》大后をないがしろにして、その嫉妬にも、冷たい態度で静観するだけだったのだから。

こんなことというと、いつからスケベ男の味方になったと言われそうだが、実は私は最近まで、仁徳天皇のことを嫉妬深い、もてないイヤな男だと思っていたのだ。

というのも、仁徳天皇自身、妻である大后を上回る嫉妬深い一面をもっていたから。

彼はプロポーズを拒否してほかの男と結婚した女を、夫ともども殺してしまうという、今なら振られた恨みによる殺人事件のようなことを起こしているのである。

純愛に嫉妬した天皇

事件は例によって天皇の女好きに端を発する。

天皇はある日、異母弟の速総別王《はやぶさわけのみこ》（以下ハヤブサ王）を仲介者として、異母妹で、先の八田若郎女《やたのわかいらつめ》の同母妹でもある女鳥王《めどりのみこ》に求婚した。ところが女鳥王はハヤブサ王を見るなり、

「大后《おおきさき》が怖いからって、八田若郎女にきちんとした待遇ができない天皇なんてイヤ。私はあなたの妻になります」

と宣言する。おそらくハヤブサ王は見た目もイケメンで性格も好ましい男だったのだろう。それで女鳥王は一目ぼれしたのだ。女鳥王もまた美しかったろう。八田若郎女と女鳥王の母宮主矢河枝比売《みやぬしのやかはえひめ》は、仁徳《にんとく》天皇の父の応神《おうじん》天皇が旅の途中で見そめた美女である。応神天皇は、その美を絶賛して長い歌も詠《よ》んでいる。こんな美女を母にもつ女鳥王も、相当の美女だったに違いないし、何より仁徳天皇に惚れられたこと自体、美女であった証拠である。

仁徳天皇は即位前、父天皇の妃になるはずだった美しい髪長比売《かみながひめ》に一目ぼれをして、時の大臣建内宿禰を通じて、父に、

「髪長比売がほしい」

と願って、比売をせしめている。ちなみにこの建内宿禰はイハノ姫の祖父に当たるのだが、そのように美人に目がない仁徳天皇に目をつけられたというのは、女鳥王の美しさを物語っている。

ハヤブサ王と女鳥王。

美男美女のカップル誕生。

めでたしめでたし、とはもちろんいかない。

復命しないハヤブサ王に業を煮やした天皇は、自ら女鳥王の住まいに出向いた。まったくこの天皇は女のためならフットワークが軽い。逆にいうと、それほどのご執心だったのだ。

天皇が行くと、女鳥王は機織《はたお》りの最中だった。天皇は歌に託して問いかけた。

「女鳥の君、あなたが織っているのは誰の服？」（〝女鳥の　我が大君《おほきみ》の　織《お》ろす服《はた》　誰《た》が料《たね》ろかも〟）

すると女鳥王は不敵にもこんな歌を返してきたのである。

「天高く行くハヤブサ王のお召し物」（〝高行《たかゆ》くや　速総別の　御襲料《みおすひがね》〟）

当時、着物を織るのは妻の役目。女鳥王は、この歌によって「私はハヤブサ王と結婚したの」と知らせたのだが、しかしそれにしても人の神経を逆撫でする挑発的な歌で、女鳥王は美女ならではのタカビシャさをもった女だったのだろうか。

「そうだったのか……」

仁徳天皇は、しおしおと宮中に帰った。ところがその時、ハヤブサ王が女鳥王のもとにやってきた。その夫に向かって女鳥王は、こんなふうに歌いかけるのだ。

「ヒバリだって天を翔ける。ましてあなたは空高く行くハヤブサ。サザキなんて取っちゃいなさい」（〝雲雀は　天《あめ》に翔《かけ》る　高行《たかゆ》くや　速総別　雀《さざき》取らさね〟）

仁徳というのは死後につけられた号のようなもので、彼の生前の名は「大雀命《おほさざきのみこと》」という。サザキはミソサザイのことだ。あなたはハヤブサなんだもの、サザキの天皇なんて殺しちゃいなさいと謀反《むほん》を勧めたのである。天皇はこの歌を聞いてしまった。聞くやいなや軍隊を集め、

「殺そう」

と決意した。

このように文脈上はハヤブサ王側の謀反の意志があって、天皇が攻撃を決めたように見えるが、しかし果たしてハヤブサ王が本気で謀反の準備をしていたかは疑問だ。なぜって『古事記』の他の通常の反逆者は必ずといっていいほど何らかの応戦をしているのだが、ハヤブサ王と女鳥王は何の抵抗もせずに逃げるだけ。

そして逃げる二人を官軍は追いつめて殺してしまう。

それに文面だと女鳥王は、天皇が帰り際、聞こえよがしに夫に謀反を勧めたことになるが、いくら女鳥王がタカビシャでもそんな危険なまねをするだろうか。これはおそらく仁徳天皇が、

「自分は天皇だぞ、天皇なのに、なんで自分を選ばないのか！」

などと恨んだのだろう。それに対して女鳥王が、

「あら、天皇ってだけで、あたしが選ぶとでも思ったら大間違いよ」

とでも言ったのだろう。ついでに口がすべって、

「うちの夫はハヤブサ王よ。サザキより強いんだから」

くらいのことを言ったかもしれない。それを聞いた天皇が、可愛さ余って二人を殺してしまった、というのがコトの真相ではないか。

どっちにしても、仁徳天皇のやってることは、女に振られた恨みによる殺害以外のなにものでもない。

それも愛しあう弟妹たちを。

『日本書紀』では〝朕《われ》、私恨《わたくしのうらみ》を以ちて、親《はらから》を失ふを欲《ほり》せず〟なんてセリフが書かれているが、私怨じゃないとわざわざ断っているのは逆に、私怨としか取られようが

ないからだと思う。

一方のハヤブサ王は、女鳥王と倉椅山《くらはしやま》という山に逃げながらこんなロマンティックな歌を詠み残してもいる。

「倉椅山が険しいので、あなたは岩をつかめずに、私の手を握っている」（〝梯立《はしたて》の　倉椅山を　嶮《さが》しみと　岩懸《いはか》きかねて　我が手取らすも〟）

「倉椅山は険しいけれど、あなたと登れば険しくはない」（〝梯立の　倉椅山は　嶮しけど　妹と登れば　嶮しくもあらず〟）

あなたとなら怖くはない……ってわけで、二人はまぐはひを重ねた夫婦だが、ここには紛れもない「純愛」が描かれている。

もちろん純愛なんて概念も言葉もこの時代にはないが、こうした二人の様子を報告された仁徳天皇の心にはいかなる感情が湧き上がっただろう。いいようのない敗北感と激しい嫉妬《しつと》心だったのではないか。

天皇の位にモノいわせ女を従わせてきた自分。

しかし女鳥王だけは天皇である自分ではなくハヤブサ王を選んだ。

二人は障害を越え、結婚した。

そして死の踏み絵にも負けなかった。

仁徳天皇がイハノ姫に詠みかけた「大根」の歌と、ハヤブサ王の「倉椅山」の歌を比べてみるがいい。どちらに切実な愛があるかといえば後者に決まってる……。

二人に仁徳天皇は激しい嫉妬を覚えたのだろう。

だから自分にあってハヤブサ王にない、天皇の権力を行使して、二人を殺した。

仁徳天皇の嫉妬の恐ろしさに比べたら、仕事を放り出して家出したなんていうイハノ姫の嫉妬など、おとなしいものだ。

もてない男ってやぁねえ。

振られた男の恨みは怖いわぁと私は初めのうち思っていたのだが。

話はイハノ姫の嫉妬に戻ると、激しく怒って家に戻らぬイハノ姫に対する、仁徳天皇の優しい態度は、女性経験豊富な大人の男じゃないとなかなかできないのではないか。

と、最近、ちょっとした出来事があって、私は思い直したのだ（何があったかはヒミツ）。

仁徳天皇は思ったのではないか。

「いい気なもんだな、こいつら」

と。気に入った女だけを可愛がるなんて簡単なことじゃないか。広く女を可愛がらなくてはいけない俺の苦労が分かってたまるか。好きな女との逢瀬《おうせ》もおおっぴらにはできず、嫉妬に狂う大后に頭を下げる俺の気持ちが分かってたまるか、と。

純愛は本人どうしはいいが、第三者にとってはうざったく、ときには迷惑ですらある。その典型が先に挙げた『源氏物語』の例で、桐壺帝はあまねく妃《きさき》とまぐはひすべき天皇という立場にいながら、後ろ盾のない桐壺更衣一人をおおっぴらに可愛がったために、弘徽殿《こきでん》をはじめとする妃たちを傷つけ、愛する更衣をも死に追いやることになったのだ。

たくさんの女をさばく立場にある男は、純愛なんて独善的な愛に身を投じてはいられない。あっちをなだめ、こっちをなだめして、怒る女に対応し、逃げた女は追うふりだけでもしなくてはならない。実に不自由な立場にある。

だからこそ何不自由なく純愛に溺れることのできる人たちを仁徳天皇は羨ましく思いもしたろう。しかもその純愛に溺れている女はもともと自分を振った相手なのだ。仁徳天皇は、身分的には特権階級の頂点にいながら、「恋の特権階級」にはなれなかった悔しさから、恋の特権階級たるハヤブサ王と女鳥王を抹殺したのかもしれない。

純愛がなんだ。

忍ぶ恋がなんだ。

仁徳天皇に我が身を重ねるのはおこがましいけれど、私も特権階級の純愛なんかには縁遠い「大根」派ですから……くすん……。

12

待ちすぎた女

——雄略天皇と赤猪子

故、其赤猪子、仰㆓待天皇之命㆒、既経㆓八十歳㆒。於是、赤猪子以為、望㆑命之間、已経㆓多年㆒。姿体、痩萎、更無㆑所㆑恃。然、非㆑顕㆓待情㆒、不㆑忍㆓於悒㆒而、令㆑持㆓百取之机代物㆒、参出貢献。然、天皇既忘㆓先所㆑命之事㆒、問㆓其赤猪子㆒曰、汝者、誰老女。何由以参来。爾、赤猪子答白、其年其月、被㆓天皇之命㆒、仰㆓待大命㆒、至㆓于今日㆒、経㆓八十歳㆒。今容姿既耆、更無㆑所㆑恃。然、顕㆓白己志㆒以参出耳。於是、天皇、大驚、吾、既忘㆓先事㆒。然、汝守㆑志、待㆑命、徒過㆓盛年㆒、是甚愛悲、心裏欲㆑婚、悼㆓其亟老㆒、不㆑得㆑成㆑婚而、賜㆓御歌㆒。（下巻）

そのためその赤猪《あかい》子《こ》は、天皇のお召しの言葉をお待ちして、早くも八十年が経ちました。そこで赤猪子は思ったのです。

「お召しを待ち望んでいるあいだに、こんなに多くの年を重ねてしまった。姿形も痩せ衰えて、まるで頼みとするものがない。けれどお待ちしていた私の気持ちをお見せしないままでは、気の晴れようもない」

それで、たくさんの婿取りの引き出物を供の者に持たせ、天皇のもとに参り出て献上しました。

しかし天皇は、以前、仰せになったことをすっかり忘れて、その赤猪子に尋ねておっしゃいました。

「そなたはどこの老女だ。どういうわけで参ったのか」

そこで赤猪子が答えて申すには、

「これこれの年のこれこれの月、天皇のお言葉を頂いて、お召しを心待ちにして、今日に至るまで八十年が経ってしまいました。今は容姿もすっかり衰え、まるで頼みにできません。けれど自分の気持ちだけでもお見せしようと参上したのです」

天皇は大いに驚いて、

「私はすっかり昔の約束を忘れていた。なのにお前は志を守り、私の言葉を待ち続け、いたずらに若い盛りの年を過ごしたとは、実に愛しく不憫なことだ」

と、心では共寝しようと思ったのですが、赤猪子があまりに年老いて、まぐはひできないことを悲しんで、御歌を与えたのでした。

三輪山の赤猪子

『古事記』には、しおらしい女というのがあんまりいない。倭建命《やまとたけるのみこと》の身代わりに海に飛びこんだ弟橘比売命《おとたちばなひめのみこと》など、一見けなげな女はいるが、どうもそのけなげさは、しおらしいと言うにはあまりに激し過ぎる。

仁徳《にんとく》天皇の皇后イハノ姫に激しく嫉妬されて追い立てられた黒日売《くろひめ》や、イハノ姫の死後、皇后になった八田若郎女《やたのわかいらつめ》などはきっとしおらしかっただろうが、そういうしおらしげな女に対しては『古事記』はさほど筆を割かない。

『古事記』が張り切って描くのは、婚約者に拒絶されたために「そいつの子孫（天皇家）の命が短くなるように」と呪《のろ》ったイハナガ姫父子や、腹の子の父を疑われて産屋《うぶや》に火を放ったサクヤ姫（イハナガ姫の妹）、嫉妬《しっと》のあまり公務を投げ出したイハノ姫や、夫の仲哀《ちゅうあい》天皇に死の神託を下した神功《じんぐう》皇后みたいな女たちである。

んが、位置的には『古事記』下巻の中間あたりに位置する雄略《ゆうりゃく》天皇になると、ここに「待つ女」が登場する。

その名も〝引田部赤猪子《ひけたべのあかゐこ》〟と呼ばれる〝容姿甚麗〟の美女だ。

ある時、遊びに出かけた天皇は、三輪山あたりの美和河《みわがわ》に着いたところ、川のほとりで少女が衣を洗っていた。それで名を問うと赤猪子という。洗濯していた赤猪子は白いふくらはぎでも出していたのだろうか。袖《そで》をめくってまろやかな腕もむき出しにしていたかもしれない。天皇は、

「お前は結婚しないままでいよ。じきに私が召そう」

と伝言して、宮殿に帰ったと『古事記』はいい、間髪を入れずに続ける。

〝故、其赤猪子、仰待天皇之命、既経八十歳〟…そのため、その赤猪子は、天皇のお言葉を仰ぎ待って、とうとう八十年が過ぎてしまった…。

雄略天皇を八十年も待っていたというのである。

待ちすぎなんだよ！

天皇と約束した時、赤猪子は少女だったとはいえ、八十年も待ったのではすでに九十は過ぎていただろう。天皇だって百歳くらいだったのではないか。待つ女という、一見しおらしげな行為を書いても、『古事記』の女はしおらしくならない。万事、極端というか、過剰なのである。

赤猪子は、結婚の約束をした天皇が迎えに来ないので、婿取りの引き出物をどっさりもって宮中へ。自分からまぐはひに来たのだ。天皇は驚き哀れんで、〝婚〟…まぐはひ…しようとしたものの、あまりに老いているために、できない。それで歌を贈っ

た。

「三輪山の神聖な樫《かし》の木の下、樫の下、近寄りがたいな樫原の乙女は」（〃御諸《みもろ》の　厳《いつ》白檮《かし》が下《もと》　白檮が下　忌々《ゆゆ》しきかも　白檮原童女《かしはらをとめ》〃）

「引田の若い栗林、若いうちに、寝ちゃえばよかったのに、老いてしまったよ」（〃引《ひけ》田《た》の若栗栖原《わかくるすばら》　若くへに　率寝《ゐね》てましもの　老いにけるかも〃）

歌をもらった赤猪子は、涙で、赤色の着物の袖を濡らしながら、歌に答えた。

「三輪山に作った神の玉垣、その垣の内に長いことお仕えし過ぎて、誰も頼る人のない、神に仕える私」（〃御諸《みもろ》に　築《つ》くや玉垣《たまかき》　つき余《あま》し　誰《た》にかも依《よ》らむ　神の宮人《みやひと》〃）

「日下《くさか》の入り江の蓮、花の蓮、花の盛りのように若い人が羨ましいなぁ」（〃日下江《くさかえ》の入江の蓮《はらす》　花蓮《はなばちす》　身の盛り人《さかびと》　羨《とも》しきろかも〃）

天皇は赤猪子に多くの品をやって帰したという。

そんなことしたら、第二第三の赤猪子が出現してたいへんだったんじゃないかと思うのは現代人の考えで、マスコミなんかもない時代、そういうこともなかったのだろう。

しかしそれにしても、八十年とは待ち過ぎである。こうなってはもう八十年前の面影などあるまい。天皇だって、目の前の老女が、八十年前の本人だったかどうか確信はもてなかったのではないか。

いったいこの赤猪子の話は何を言いたいのだろう。

なんでこんな話が『古事記』には挿入されているんだろう。

それには赤猪子というのが一体何者なのか明らかにする必要がある。

一連の歌からすると赤猪子は、神の宿る三輪山に仕える巫女《みこ》で、そのため独身のまま年老いてしまった、と読める。

そして古代、「神」は「みわ」とよむくらい、神といえば三輪だった。天皇家が権力を握る以前、大和地方で最も尊崇を得ていたのが三輪山をご神体とする大神《おおみわ》神社とそれを祀る人たち。

これはまったくの想像だが、おそらく三輪山の巫女には美女が多く、三輪山信仰が強固な時は、それが三輪山の権威付けにもなったのだろう。が、天皇家の躍進のせいで三輪山の権威が落ちてくると、

「あんな美女が男とまぐはふことなく、一生を神に仕えるだけで老いていくのはもったいない」

という感情が人々の間に芽生えたのだろう。

つまりこの話の裏には、三輪山に対する人々の信仰心の薄れと、一方では天皇がそ

んな巫女に慰労の品を与えることによって、三輪山の高みに立っていることを示しつつ、また三輪山信仰に対するフォローの構造があるんじゃないか？　というのも、雄略天皇の章には、天皇以外の権威に対する天皇の奢りとフォローが、ほかにも描かれているのだ。

葛城山の一言主大神

ある日のこと。天皇が葛城山《かづらきやま》に供を連れて登ったとき、向こうの尾根伝いに山を登ってくる人がいた。その人は、天皇の行幸と同レベルの格式で、供の者と服装を整えていた。これを見た天皇は、

「この倭《やまと》の国に私以外に王は無いのに、誰だ」

と問わせると、相手は天皇とまったく同じことを言う。天皇は激怒して、供の者全員に矢をつがえさせると、相手もまた同じように矢をつがえて、両者は臨戦態勢となった。

「名を名乗れ。戦うのはそれからにしよう」

天皇が言うと、相手は答えた。

「私は悪い事でも一言、善い事でも一言で、言い放つ神、葛城の〝一言主之《ひとことぬしの》大神《おほかみ》〟

だ」

これを聞いた天皇は、畏《おそ》れ、恐縮して言った。

「とんだ失礼をしました、我が大神。人の身をお持ちとは存じませんでした」

天皇は太刀と矢を収めさせ、供の者の着ている衣服を脱がせて、大神を拝礼して献上した。大神は手を打って、その品を納め、天皇の還御を見送ったという。

葛城山の一言主の大神は、三輪山《みわやま》の大神にも匹敵する国つ神だ。その権威はこの時点ではまだ天皇よりまさっているように見えるが、『日本書紀』では、一言主の大神は〝一事主神《ひとことぬしのかみ》〟と〝大〟を省いて呼ばれ、天皇と対等に狩を楽しんでいる。素性を問われ、〝現人之神《あらひとがみ》〟…人として現れた神…と答えているのは、権威の名残がうかがえるが、もはや天皇に拝礼されたりはしない。さらに平安時代には、醜い姿をもつ神として、役行者《えんのぎょうじゃ》という名高い呪術者に使役される鬼に成り下がることとなる。

雄略《ゆうりゃく》天皇の時代には、というか『古事記』の書かれた奈良時代初期には、三輪山や葛城山を根拠地とする国つ神の権威の名残はあるものの、低下しつつあるというターニングポイントにおそらくあって、だからそれまでは口にするのも憚《はばか》られたに違いない三輪山の巫女《みこ》である赤猪子《あかゐこ》の老化や、葛城山の一言主の大神が人前に姿を見せたといった話が語られるのだと私は思う。

老女の恋

先の赤猪子《あかゐこ》に関していうともう一つ、古典には、「老女の恋」の系譜があるということに思いが至る。

有名なのが平安中期の『伊勢物語』の九十九髪《つくもがみ》である。

〝百年《ももとせ》に一年《ひととせ》たらぬつくも髪われを恋ふらしおもかげに見ゆ〟（六十三段）

歌うは主人公の在原業平《なりひら》。昔、〝世心《よごころ》つける女〟、性愛の悦びを知ってしまった女が、

「なんとかして優しい男とつきあいたい」

と思っていたが、出会いの機会も言い出すついでも無いので、

「こんな夢を見たので占ってほしい」

と、夢占いを装って、子供三人を呼んで作り話の夢の話をした。上の子二人は冷たくあしらったが、末の三男は母の期待通りに、

「その夢は、良い男が現れる前兆だよ」

と占うと、この女は上機嫌になった。そこで三男は、

「ほかの男は冷淡だ、なんとかして〝在五中将《ざいごちゆうじやう》〟に逢わせてあげたい」

と、業平に頼みこんだ。業平は哀れに思って〝来て寝にけり〟ということになったが、

その後、音沙汰なかったので、女は業平の家に行って中の様子を覗いた。家にまで押しかけて来たのである。その姿を見た業平が歌ったのが先の〝つくも髪〟。

「百歳まであと一歳の九十九歳の白髪の人が、わたしを慕っているようだ、面影に見える」

業平がこう歌って女の家へ向かって出かける様子を見た女は、いばらに引っかかるのもかまわず、帰宅して横になった。男は女がしたように女の家を覗いてみると、女はこんな歌を詠《よ》んだ。

「敷物に片袖を敷いて、今夜もまた恋しい人には会わずに寝るだけなのかしら」（〝さむしろに衣かたしき今宵《こよい》もや恋しき人にあはでのみ寝む〟）

業平は心動かされて、その夜は女と寝たのだった。『伊勢物語』は結ぶ。

「男女の仲というのはふつう、恋しく思う相手のことを思い、思わぬ相手のことは思わぬものなのに、この人は恋しく思う相手も思わない相手も、差別しない心をもっていたのだった」

好きな人もそうでない人も差別せずにまぐはひする。これはたくさんの妃《きさき》を抱えた天皇のなすべきことで、帝王学というか、業平は女扱いに関しては、天皇になれる資格のある男と言える。

それに私は便宜上「老女」と書いたが、『伊勢物語』（十世紀半ば頃）では「老婆」とか「老女」という語は使っていない。一貫して〝女〟、業平は〝男〟と呼ばれている。こういうところが『伊勢物語』の良さでもあるのだが。

時代が下ると、老女が〝女〟としてあることは嘲笑の対象となってくる。『源氏物語』（二〇〇八年頃成立）の源典侍《げんのないしのすけ》は身分も高く、教養もあり、ミカドの信任も厚いキャリアウーマンだが、尻軽なところが玉に瑕《きず》とされ、五十七、八の年にもなって十九、二十歳の光源氏やその親友の頭中将《とうのちゅうじょう》と関係して、しかも彼らに笑いものにされている。容貌描写も、

「体つきや頭の形は優美で、服装や着こなしも実に派手で色っぽく見えるのが、いい年をして……と光源氏は気にくわない気持ちになる」

「まぶたがひどく黒ずんで落ちくぼんでいて、髪はぼさぼさにけば立っている」

といった、意地の悪いものになっている（「紅葉賀」巻）。それでも六十近い老女が二十歳前後の絶世の美男の性愛の対象という設定が成り立つだけまだこの時代はましで、『古今著聞集《ここんちょもんじゅう》』（一二五四年成立）になると、坊門院の侍所の長官が自分はとても若いのに、よりによって侍所の下っ端女で、しかも六十歳の小松という女を〝寵愛〟したために、同僚に〝小松まぎ〟（本によっては〝小松まき〟）とあだ名されて笑われたと

いう話が載《の》っている（巻第十六）。〝小松まぎ〟の〝まぎ〟とは〝まく〟の意で、枕の関連語。女を抱く、めとる、妻にするの謂《いい》である。「小松ラブ」みたいな感じだろうか。

バカにはしているのだろうが、これはこれでほほ笑ましいというか、あんまり悪意は感じられない。「文明がもたらしたもっとも悪しき有害なものはババア」（石原慎太郎「週刊女性」二〇〇一年十一月六日号）なんて言ってる男よりはよっぽど良い。

年老いた女の遅れてきた求婚に、誠意で応えようとしつつ、カラダがいうことをきかないお詫びのしるしに、ねぎらいの品を与えた雄略天皇の偉大さがあらためて痛感される。

あとがき（文庫版＋α）

『古事記』をやりたいと思ったのは、一九九八年から九年にかけて『感情を出せない源氏の人びと』を書いていたときのことだった。

その頃、私は精神状態が悪くて、『源氏物語』を読むのが辛くなっていた。そして、あまりにも感情を出せない人が『源氏物語』には多く、怒りを爆発させられるのは物の怪くらいというのになじんだ目で、『古事記』を読み返したところ、大きな違和感を覚えたのである。

その違和感は、「快」の違和感だった。

ヒゲが生えるほどのおっさんになっても声を立てて泣きわめく『古事記』の神々に触れると、私の心は少し安らいだ。

以来、『古事記』をやりたいと思っていた。

同時にその頃、昔の人の性愛は「セックス」とは違うし、結婚も今の「結婚」とは違うという思いを強くするようになっていた。それで、平安中期の『源氏物語』の性愛を「セックス」と表現することを二〇〇四年以来、私はやめた。使う時は「便宜上」と断ることにしている。

『古事記』の性愛もまた今の「セックス」ではなくて、『古事記』のいうように「まぐはひ」なのだ。そしてまぐはひは、1でも書いたように、「見つめ合い、愛の言葉を交わすことから始まり、愛撫挿入後戯といった性交全般を表しつつ、結婚まで含んだ幅広い意味をもつ言葉だったのではないか」と私は考えた。

『愛とまぐはひの古事記』だ！　と思いついた頃、幸運にも、「小説現代」で連載の機会をいただいた。

連載が終わって三カ月くらい経って、『古事記』のことは忘れていた頃、ベストセラーズの小笠原豊樹さんからお話があった。

単行本化にあたっては、とがしやすたかさんのイラストを希望したら、すんなり小笠原さんが承知してくれたのも心強かった。

連載直前、文藝春秋の藤田淑子さんのはからいで三浦佑之先生と対談の機会を持てたことも、嬉しい刺激となった。三浦先生、藤田さん、ありがとうございます。

また、岩淵聡文さん（東京海洋大学教授）には、専門分野でのアドバイスも頂戴してありがたかった。

皆さま、ありがとうございます。

何よりも、この本を買ってくださった方に、心からの「ありがとう」を申し上げます。

というのが、本が出版された二〇〇五年当時の「あとがき」の概要で、以下、二〇一一年現在の「＋α」。同年三月、筑摩書房の長嶋美穂子さんが文庫化の声をかけてくださって、この愛着のある本がまたぞろ日の目を見ることになって、嬉しい気持ちでいっぱいだ。声をかけて頂いたのは、十一日の震災が起きるまさに前日、三月十日のことであった。

1の冒頭や二〇〇五年当時の「あとがき」にも書いたが、一九九九年、私は歯科心身症と呼ばれる心の病になって、『源氏物語』を読むのが辛くなっていた。自分には跳ね返ってくる過剰な現実味が苦しかったのだが、そんな時、ラクに読めたのが『古事記』であった。

『古事記』は、天皇が百何歳と生きたり、神が兎と話をしたり、あり得ないほど感情を爆発させたり、人が木の葉のように死んだり、一見ずいぶん自分と遠いので、現状が辛い時にはむしろ入りこみやすい。けれどよく読むと、アマテラスの引きこもりとか、トラウマのあまり鬚が生えるおっさんになっても泣くばかりで口をきかないホムチワケとか、心の病も象徴的に描かれている。

そして性愛の大切さも。

古代人の性はおおらかとよく言われるが、おおらかというのとは違うと私は思っている。国作りにも天皇の説話にもバンバン性愛が描かれるため、あけすけに見えるが、それは性愛が世界に占める重要性を認めているからそうなるのであって、生きることそのものにつながる性愛への敬意がそこにある。

生の根本である性愛を肯定する『古事記』は、私の奥底で小声ながらも必死で生きたいと叫ぶ芯のようなものにズーンと響く感じがして、神話の底力を見る思いがしたものだ。

今回の地震では私は東京にいてさしたる被害は受けなかったにもかかわらず、『源氏物語』をはじめとする平安文学が、今度は過剰な現実味ゆえではなく、遠い出来事に思えて読むのがやや辛くなった。なのにまたしても『古事記』は心にすうっと入ってくる。

生きることの根本にある性愛を重視し、肯定する『古事記』を読むと、生きる力が湧いてくるのを今も感じる。

この思いを少しでも多くの人と共有できれば幸いである。

＊文庫化に当っては、加筆訂正など手を入れたほか、各章の入り口に見開きで、その章に関わる『古事記』の原文と訳を配した。

この「原文」とは、仮名と漢字が交じった「訓読文」（読み下し文）ではない。『古事記』の訓読は、本によって極端な違いがあって、そもそも『古事記』は訓読できるのか、という問題がある。

山口佳紀『古事記の表記と訓読』（有精堂出版）は、亀井孝の論文（「古事記はよめるか――散文の部分における字訓およびいはゆる訓讀の問題」）を引きつつ、「亀井によれば、古事記は、理解することは出来るが、一定の日本語の表現に還元することは完全には出来ない形で書かれたものであるということになる」「古事記の文章は、亀井の言うように、すみずみまで一定の日本語で訓まれることを期待するというほど、窮屈なものではなかったと見るのが正当であろう」と言っていて、私も『古事記』を読んで、激しく共感した。

仮名のなかった当時、『古事記』は、大陸から伝来した漢字を使って書かれている。ベースは漢文調だが、正確な漢文とも違ういわゆる「変体漢文」と、日本の在来語を漢字の音で表現した「音仮名表記」で成り立っている。「音仮名表記」というのは〝みとのまぐはひ〟を〝美斗能麻具波比〟と表記する類で、いわば「あて字」。『古事記』の編者が「これだけはきちんとよんでほしい」と願う文字や人名、歌などはこの表記になっていて、極端に言えば、訓読できるのはこの音で表現した文字群だけと言ってもいい。

そこで私は、対訳のもととなるテキストは、訓読文でなく、漢字ばかりの原文を採用した（ただし「音仮名表記」で書かれた歌謡は正確な訓読が可能なので訓読文にした）。

原文は、新編日本古典文学全集の『古事記』（小学館。現存最古の写本である真福寺本を底本とし、新たに返り点・句読点をつけてある）をテキストとさせていただいた。校注・訳者の山口佳紀氏と神野志隆光氏に厚くお礼申し上げます。

対訳中、〃〃の中で仮名読み下し文にした部分は、原文が「音仮名表記」、つまり『古事記』編者はぜひとも訓読してほしいと考えているはずの箇所を選んである。太古の日本語の響きを楽しんでほしい。

本文中の読み下し文は、参考文献にあげた複数の『古事記』注釈書から、適当と思われるものを適宜選んだ。

大塚ひかり

二〇一一年七月

参考資料

1テキスト（引用の際はわかりやすさを優先し、仮名を漢字に直したところもある）

山口佳紀・神野志隆光校注・訳『古事記』新編日本古典文学全集一　小学館　一九九七年
青木和夫・石母田正・小林芳規・佐伯有清校注『古事記』日本思想大系一　岩波書店　一九八二年
倉野憲司校注『古事記』…『古事記・祝詞』（日本古典文学大系一　岩波書店　一九五八年）所収
三浦佑之『口語訳古事記［完全版］』文藝春秋　二〇〇二年
西郷信綱『古事記注釈』一～四　平凡社　一九七五年～一九八九年
倉野憲司『古事記全註釈』一～七　三省堂　一九七三年～一九八〇年
神野志隆光・山口佳紀『古事記注解』四　笠間書院　一九九七年
西田長男解題『卜部兼永筆本古事記』勉誠社　一九八一年
中村啓信編著『荷田春満書入古事記とその研究』高科書店　一九九二年
賀茂真淵『假名書古事記』…久松潜一監修『賀茂真淵全集』第十七巻（続群書類従完成会　一九八二年）
『古事記』（賀茂真淵書入古事記）…久松潜一監修『賀茂真淵全集』第二十六巻（続群書類従完成会　一九八一年）
三浦佑之『古事記講義』文藝春秋　二〇〇三年
小島憲之・直木孝次郎・西宮一民・蔵中進・毛利正守校注・訳『日本書紀』一～三　新編日本古典文学全集二～四　小学館　一九九四～一九九八年
阿部秋生・秋山虔・今井源衛校注・訳『源氏物語』一～六　日本古典文学全集一二～一七　小学館

一九七〇年〜一九七六年
『エッダ』……松谷健二訳『エッダ グレティルのサガ』（中世文学集Ⅲ ちくま文庫 一九八六年）所収
小島憲之・木下正俊・佐竹昭広校注・訳『萬葉集』一〜四 日本古典文学全集二〜五 小学館 一九七一年〜一九七五年
三木紀人・浅見和彦校注『宇治拾遺物語』…『宇治拾遺物語・古本説話集』（新日本古典文学大系四二 岩波書店 一九九〇年）所収
斎部広成撰・西宮一民校注『古語拾遺』 岩波文庫 一九八五年
秋本吉郎校注『風土記』日本古典文学大系二 岩波書店 一九五八年
植垣節也校注・訳『風土記』新編日本古典文学全集五 小学館 一九九七年
『男衾三郎絵詞』…小松茂美編集・解説『男衾三郎絵詞・伊勢新名所絵歌合』（続日本の絵巻一八 中央公論社 一九九二年）
田嶋一夫校注『師門物語』…『室町物語集』下（新日本古典文学大系五五 岩波書店 一九九二年）所収
『陰徳太平記 上』…早稲田大学編輯部編『通俗日本全史』早稲田大学出版部 一九一五年
『橋弁慶』……横山重・松本隆信編『室町時代物語大成』第十（角川書店 一九八二年）所収
槇佐知子『医心方』巻二六仙道篇 筑摩書房 一九九四年
荒木繁・山本吉左右編注『説経節』東洋文庫二四三 平凡社 一九七三年
高橋正治校注・訳『大和物語』……『竹取物語・伊勢物語・大和物語・平中物語』日本古典文学全集八 小学館 一九七二年

『和泉式部集』……『新編国歌大観』編集委員会編『新編国歌大観』第三巻 角川書店 一九八五年
新倉朗子訳『完訳ペロー童話集』岩波文庫 一九八二年
福井貞助校注・訳『伊勢物語』……『竹取物語・伊勢物語・大和物語・平中物語』日本古典文学全集八 小学館 一九七二年
岡見正雄校注『義経記』日本古典文学大系新装版 岩波書店 一九九二年
市古貞次校注・訳『平家物語』一・二 日本古典文学全集二九・三〇 小学館 一九七三年・一九七五年
『往生要集』……石田瑞麿校注『源信』日本思想大系六 岩波書店 一九七〇年
木村正中・伊牟田経久校注・訳『蜻蛉日記』……『土佐日記・蜻蛉日記』新編日本古典文学全集一三 小学館 一九九五年
西尾光一・小林保治校注『古今著聞集』下 新潮日本古典集成第七六回 新潮社 一九八六年
西角井正慶編『年中行事辞典』東京堂 一九五八年

2参考文献

三浦佑之×大塚ひかり対談「『古事記』の魅力は「醜《しこ》パワー」にあり!?」……「本の話」二〇〇三年八月号（文藝春秋）
山口佳紀『古事記の表記と訓読』有精堂出版 一九九五年
龜井孝「古事記はよめるか 散文の部分における字訓およびいはゆる訓讀の問題」…下中彌三郎編集兼発行『古事記大成』第三巻 言語文字篇（平凡社 一九五七年）所収
久松潜一「古事記研究史序説」・鴻巣隼雄「近世の古事記研究」…下中彌三郎編集兼発行『古事記大

成』第一巻 研究史篇(平凡社 一九五六年)所収
西郷信綱『古事記の世界』岩波新書 一九六七年
吉田敦彦『日本神話の特色』青土社 一九八九年
吉田敦彦『神話と近親相姦(増補新版)』青土社 一九九三年
大林太良『日本神話の起源』角川選書六三 角川書店 一九七三年
吉田敦彦『小さ子とハイヌウェレ 比較神話学の試み』みすず書房 一九七六年
吉田敦彦『世界の始まりの物語――天地創造神話はいかにつくられたか』大和書房 一九九四年
松前健『日本神話と古代生活』有精堂出版 一九七〇年
須藤功『花祭りのむら』福音館書店 二〇〇〇年
廣瀬鎮『猿』ものと人間の文化史三四 法政大学出版局 一九七九年
山路興造「もう一つの猿楽能 修験の持ち伝えた能について」・萩原秀三郎「神楽の誕生 古代祭祀の空間と時間」…岩田勝編『神楽』(歴史民俗学論集一 名著出版 一九九〇年)所収
吉井巌『天皇の系譜と神話』一 塙書房 一九六七年
吉村作治『古代エジプト女王伝』新潮選書 新潮社 一九八三年
小松茂美「鏡――その発生とうつりかわり」……㈶センチュリー文化財団編『鏡――その神秘と美』㈶センチュリー文化財団 一九九二年
須藤健一『母系社会の構造――サンゴ礁の島々の民族誌』紀伊國屋書店 一九八九年
吉田敦彦『日本神話のなりたち』青土社 一九九二年
林望『古今黄金譚――古典の中の糞尿物語』平凡社新書 一九九九年
大田区立郷土博物館編『トイレの考古学』東京美術 一九九七年

角田文衞『日本の女性名』上　教育社新書　一九八〇年
吉野裕子『蛇　日本の蛇信仰』ものと人間の文化史三二　法政大学出版局　一九七九年
中本英一『ハブ捕り物語』三交社　一九七六年
大塚ひかり『ブス論』ちくま文庫　二〇〇五年（『太古、ブスは女神だった』二〇〇一年　を文庫化）
「週刊女性」二〇〇一年一一月六日号　主婦と生活社

解説にかえて　古事記が教えるもの

富野由悠季

本書に好感がもてるのは、女性の生理をベースにしながらも、根ざすものが心身症的な不安感から『古事記』を読み返してみたら快を得たといっているからだ。

だからといって理知的な切り口からではない。

『古事記』も、口伝者と漢文をもって和語を創り上げたいと願う執筆者との格闘技が凝縮されたものであるから、当時のアカデミズムの最先端にあって、形としてはどうしようもなく硬く、国策に則った衣をまとったものになってしまうだろうものを回避している。まして、歴史的な異議申し立てを後世に残しておきたいという願いもあれば、うかつに書き記せば、時の政争のなかで焚書になっていただろう。

だから、〝まぐはひ〟を表に出す手法をもって、大和に至る前史もあるのだよと記し、〝まぐはひ〟を真正面から見つめて男女の関係性から派生する人肌相がたちのぼるのだから、不安も解消される。

手当て、の効用があるのだ。

それを国史でやって見せたという技は、『古事記』が芸能のための台本だったのではなかったか、そうではないにしても、民衆のあいだに流布しえた伝承話であるからこそ肉厚に心をうつのだ。理想とか観念ではなく、〝想〟そのものが凝縮されたものだからだろう。

であるから、一見素朴で猥雑なのだが、もともとヒトという動物を根底的に支えているものは、このようなものだからなのだ、と、大塚ひかりは優しくも読みほぐしてくれる。

もともと神話などはそのようなものだとは思っていたのだが、こうまであっけらかんとセックスでないまぐはひの社会性とか継続性といったものを抽出してくれた彼女には敬意を表する。『源氏物語』に馴染んでいる素養があればこそで、これを性交をしたのしないのといった描写だけを面白おかしく羅列したものであれば、とうてい読めたものではない。

残念ながら、というべきか、ただ生理的に書いたものではないという手堅い学識といったものがほの匂って、小生のような素人には嫉妬心を刺激させられる。女性から物はこう書くのよ、と諭されていなされる部分はエクスタシーである、かも知れない。

そこにまさに女性性と男性性の永遠の溝があって、男は女によって生かされて（イクイクのイクもかける）いると実感するし、女は触らなければどうということはないのだが、触れば鬼にも蛇にもなる、ということも知らされるし、女があればこその男だとも納得させられる。

とはいえ、『古事記』が編纂された時代、中国大陸では三国志の時代がとっくに昔話になっていたわけで、その観点からすれば、なんとも素朴すぎる列島の人々よ、という感慨を抱かないでもない。が、大陸の覇権争いから脱落したか、意識的にそこから脱出した人々が、再度、歴史を構築していくためにこそ、天皇制といったものを編み出し、和語を発明し、新国家建設にあたって『古事記』的な原初的な発想を軸にすえたのは、国家論にあっても観念や覇権論ではないものを礎にしなければならないという理念があったからではないか、と想像する。

それは『古事記』の編纂者たちが、大陸から学んだもっとも根源的な政治学ではないのか。つまり、覇権や統治論という学問的（インテリジェンス）な思考では国家は長続きはさせられない、と喝破した視点があると思える。なぜなら、現在ほど複雑怪奇な要因が働いて国家運営をする時代ではなかったのだから、〝まぐはひ〞をもって歴史も語れれば国家創生も語れた。だから、その心根だけを軸にすれば良い、と理知的に収斂したのが『古事記』ではなかったのか？

列島の人々は、おそらく性病が蔓延するまでは、セックスにはおおらかで、本書に示されているとおり、女性が妊娠すれば、父親は誰か、と問うことが珍しくはなかったはずなのだ。

が、西欧の合理主義と物質至上主義が導入されてから、列島で培ってきた〝まぐはひ〟感覚が喪失して、近現代に至ってオトコたちは、勝手にイってしまう情けないオスになった。それが現代になれば、植物化することも当たり前で〝まぐはひ〟感覚などは地平の彼方に沈んでしまった。

となれば、利権保全と経済効率論と末代の生死にかかわるエネルギーの問題などについても、ウソを言い募れるインテリジェンスしか作動させられない現代人ができあがるのも当然だろうと思い至る。

〝愛とまぐはひ〟が国家を造ったのだというレトリックは、じつは神話ではない。そのような行為がおこなえる時間と空間があればこそ、国家も成立し、安泰であれたのだ。

それが喪失した時空に生きなければならない我々にとって、『古事記』で語っている素朴な心を再獲得しなければならない、と思い知ったというのは、大仰すぎる感覚なのだろうか？

本書は二〇〇五年六月、ＫＫベストセラーズから刊行された。

現代語訳 舞姫　森鷗外　井上靖訳

古典となりつつある鷗外の名作を井上靖の現代語訳で読む。無理なく作品を味わうための語注・資料を付す。原文も掲載。監修＝山崎一穎

こころ　夏目漱石

友を死に追いやった「罪の意識」によって、ついには人間不信にいたる悲惨な心の暗部を描いた傑作。詳しく利用しやすい語注付。（小森陽一）

英語で読む 銀河鉄道の夜（対訳版）　宮沢賢治　ロジャー・パルバース訳

"Night On The Milky Way Train"（銀河鉄道の夜）賢治文学の名篇が香り高い訳で生まれかわる。文庫オリジナル。井上ひさし氏推薦。（高橋康也）

百人一首　鈴木日出男

王朝和歌の精髄、百人一首を第一人者が易しく解説。現代語訳、鑑賞、作者紹介、語句・技法を見開きにコンパクトにまとめた最良の入門書。

今昔物語　福永武彦訳

平安末期に成り、庶民の喜びと悲しみを今に伝える今昔物語。訳者自身が選んだ155篇の物語は名訳を得て、より身近に蘇る。（池上洵一）

私の「漱石」と「龍之介」　内田百閒

師・漱石を敬愛してやまない百閒が、おりにふれて綴った師の行動と面影とエピソード。さらに同門の友、芥川との交遊を収める。（武藤康史）

阿房列車 ――内田百閒集成1　内田百閒

「なんにも用事がないけれど、汽車に乗って大阪へ行って来ようと思う」。上質のユーモアに包まれた、紀行文学の傑作。（和田忠彦）

教科書で読む名作 夏の花ほか 戦争文学　原民喜ほか

表題作のほか、審判（武田泰淳）／夏の葬列（山川方夫）／夜（三木卓）など収録。高校国語教科書に準じた傍注や図版付き。併せて読みたい名評論も。

名短篇、ここにあり　北村薫　宮部みゆき編

読み巧者の二人の議論沸騰し、選びぬかれたお薦め小説12篇。となりの宇宙人／冷たい仕事／隠し芸の男／少女架刑／あしたの夕刊／網／誤訳ほか。

猫の文学館Ⅰ　和田博文編

寺田寅彦、内田百閒、太宰治、向田邦子……いつの時代も、作家たちは猫が大好きだった。猫の気まぐれに振り回されている猫好きに捧げる47篇!!

品切れの際はご容赦ください

冠・婚・葬・祭　中島京子

人生の節目に、起こったこと、出会ったひと、考えたこと。冠婚葬祭を切り口に、鮮やかな人生模様が描かれる。第143回直木賞作家の代表作。（瀧井朝世）

とりつくしま　東直子

死んだ人に「とりつくしま係」が言う。モノになってこの世に戻れますよ。妻は夫のカップに弟子は先生の扇子になった。連作短篇集。（大竹昭子）

虹色と幸運　柴崎友香

珠子、かおり、夏美。三〇代になった三人が、人に会い、おしゃべりし、いろいろ思う一年間。移りゆく季節の中で、日常の細部が輝く傑作。（江南亜美子）

星か獣になる季節　最果タヒ

推しの地下アイドルが殺人容疑で逮捕!? 僕は同級生のイケメン森下と真相を探るが――。歪んだピュアネスが傷だらけで疾走する新世代の青春小説！

ピスタチオ　梨木香歩

棚（たな）がアフリカを訪れたのは本当に偶然だったのか。不思議な出来事の連鎖から、水と生命の壮大な物語「ピスタチオ」が生まれる。（管啓次郎）

図書館の神様　瀬尾まいこ

赴任した高校で思いがけず文芸部顧問になってしまった清（きよ）。そこでの出会いが、その後の人生を変えてゆく。鮮やかな青春小説。（山本幸久）

マイマイ新子　髙樹のぶ子

昭和30年山口県国衙。きょうも新子は妹や友達と元気いっぱい。戦争の傷を負った大人、変わりゆく時代、その懐かしく切ない日々を描く。（片渕須直）

話虫干　小路幸也

夏目漱石「こころ」の内容が書き変えられた！ それは話虫の仕業。新人図書館員が話の世界に入り込み、「こころ」をもとの世界に戻そうとするが……。

包帯クラブ　天童荒太

傷ついた少年少女達は、戦わないかたちで自分達の大切なものを守ることにした。生きがたいと感じるすべての人に贈る長篇小説。大幅加筆して文庫化。

うれしい悲鳴をあげてくれ　いしわたり淳治

作詞家、音楽プロデューサーとして活躍する著者の小説&エッセイ集。彼が「言葉」を紡ぐと誰もが楽しめる「物語」が生まれる。（鈴木おさむ）

品切れの際はご容赦ください

命売ります　三島由紀夫

自殺に失敗し、「命売ります。お好きな目的にお使い下さい」という突飛な広告を出した男のもとに、現われたのは？（種村季弘）

三島由紀夫レター教室　三島由紀夫

五人の登場人物が巻き起こす様々な出来事を手紙で綴る。恋の告白・借金の申し込み・見舞状等、一風変ったユニークな文例集。（群ようこ）

コーヒーと恋愛　獅子文六

恋愛は甘くてほろ苦い。とある男女が巻き起こす恋模様をコミカルに描く昭和の傑作が、現代の「東京」によみがえる。（曽我部恵一）

七時間半　獅子文六

東京―大阪間が七時間半かかっていた昭和30年代、特急「ちどり」を舞台に乗務員とお客たちのドタバタ劇を描く隠れた名作が遂に甦る。（千野帽子）

悦ちゃん　獅子文六

ちょっぴりおませな女の子、悦ちゃんがのんびり屋の父親の再婚話をめぐって東京中を奔走するユーモアと愛情に満ちた物語。初期の代表作。（窪美澄）

笛ふき天女　岩田幸子

旧藩主の息女に生まれ松方財閥に嫁ぎ、四十歳で作家獅子文六と再婚。夫、文六の想い出と天女のような純真さで爽やかに生きた女性の半生を語る。

青空娘　源氏鶏太

主人公の少女、有子が不遇な境遇から幾多の困難にぶつかりながらも健気にそれを乗り越え希望を手にする日本版シンデレラ・ストーリー。（山内マリコ）

最高殊勲夫人　源氏鶏太

野々宮杏子と三原三郎は家族から勝手な結婚話を迫られるも協力してそれを回避する。しかし徐々に惹かれ合うお互いの本当の気持ちは……。（千野帽子）

カレーライスの唄　阿川弘之

会社が倒産した！　どうしよう。美味しいカレーライスの店を始めよう。若い男女の恋と失業と起業の奮闘記。昭和娯楽小説の傑作。（平松洋子）

せどり男爵数奇譚　梶山季之

せどり＝掘り出し物の古書を安く買って高く転売することを業とすること。古書の世界に魅入られた人々を描く傑作ミステリー。（永江朗）

飛田ホテル　黒岩重吾

刑期を終えたやくざ者に起きた妻の失踪を追う表題作など、大阪のどん底で交わる男女の情と性。直木賞作家の傑作ミステリ短篇集。（難波利三）

あるフィルムの背景　結城昌治　日下三蔵編

普通の人間が起こす歪んだ事件、そこに至る絶望を描き、思いもよらない結末を鮮やかに提示する。昭和ミステリの名手、オリジナル短篇集。

赤い猫　仁木悦子　日下三蔵編

爽やかなユーモアと本格推理、そしてほろ苦さを少々。日本推理作家協会賞受賞の表題作ほか〈日本のクリスティー〉の魅力をたっぷり堪能できる傑作選。

兄のトランク　宮沢清六

兄・宮沢賢治の生と死をそのかたわらでみつめ、兄の死後も烈しい空襲や散佚から遺稿類を守りぬいてきた実弟が綴る、初のエッセイ集。

落穂拾い・犬の生活　小山清

明治の匂いの残る浅草に育ち、純粋無比の作品を遺して短い生涯を終えた小山清。いまなおお新しい、清らかな祈りのような作品集。（三上延）

真鍋博のプラネタリウム　真鍋博　星新一

名コンビ真鍋博と星新一。二人の最初の作品『おーい でてこーい』他、星作品に描かれた挿絵と小説冒頭をまとめた幻の作品集。（真鍋真）

熊撃ち　吉村昭

人を襲う熊、熊をじっと狙う熊撃ち。大自然のなかで、実際に起きた七つの事件を題材に、孤独で忍耐強い熊撃ちの生きざまを描く。

川三部作
泥の河／螢川／道頓堀川　宮本輝

太宰賞「泥の河」、芥川賞「螢川」、そして「道頓堀川」と、川を背景に独自の抒情をこめて創出した、宮本文学の原点をなす三部作。

私小説 from left to right　水村美苗

12歳で渡米し滞在20年目を迎えた「美苗」。アメリカにも溶け込めず、今の日本にも違和感を覚え……。本邦初の横書きバイリンガル小説。

ラピスラズリ　山尾悠子

言葉の海が紡ぎだす、〈冬眠者〉と人形と、春の目覚めの物語。不世出の幻想小説家が20年の沈黙を破り発表した連作長篇。補筆改訂版。（千野帽子）

品切れの際はご容赦ください

尾崎翠集成（上・下）　尾崎翠　中野翠編
鮮烈な作品を残し、若き日に音信を絶った謎の作家・尾崎翠。時間と共に新たな輝きを加えてゆくその文学世界を集成する。

クラクラ日記　坂口三千代
戦後文壇を華やかに彩った無頼派の雄・坂口安吾との、嵐のような生活を妻の座から愛と悲しみをもって描く回想記。巻末エッセイ＝松本清張

貧乏サヴァラン　森茉莉　早川暢子編
オムレット、ボルドオ風茸料理、野菜の牛酪煮……。食いしん坊茉莉は料理自慢。香り豊かな〝茉莉ことば〟で綴られる垂涎の食エッセイ。文庫オリジナル。

紅茶と薔薇の日々　森茉莉　早川茉莉編
天皇陛下のお菓子に洋食店の味、庭に実る木苺……森鷗外の娘にして無類の食いしん坊、森茉莉が描く懐かしく愛おしい美味の世界。（辛酸なめ子）

ことばの食卓　武田百合子　野中ユリ・画
なにげない日常の光景やキャラメル、枇杷など、食べものに関する昔の記憶と思い出を感性豊かな文章で綴ったエッセイ集。（種村季弘）

遊覧日記　武田百合子　武田花・写真
行きたい所へ行きたい時に、つれづれに出かけてゆく。一人で。または二人で。あちらこちらを遊覧しながら綴ったエッセイ集。（巖谷國士）

わたしは驢馬に乗って下着をうりにゆきたい　鴨居羊子
新聞記者から下着デザイナーへ。斬新で夢のある下着を世に送り出し、下着ブームを巻き起こした女性起業家の悲喜こもごも。（近代ナリコ）

私はそうは思わない　佐野洋子
佐野洋子は過激だ。ふつうの人が思うようには思わない。大胆で意表をついたまっすぐな発言をする。だから読後が気持ちいい。（群ようこ）

神も仏もありませぬ　佐野洋子
還暦……もう人生おりたかった。でも春のきざしの蕗の薹に感動する自分がいる。意味なく生きても人は幸せなのだ。第3回小林秀雄賞受賞。（長嶋康郎）

老いの楽しみ　沢村貞子
八十歳を過ぎ、女優引退を決めた著者が、日々の思いを綴る。齢にさからわず、「なみ」に、気楽に、と過ごす時間に楽しみを見出す。（山崎洋子）

遠い朝の本たち　須賀敦子
一人の少女が成長する過程で出会い、愛しんだ文学作品の数々を、記憶に深く残る人びとの想い出とともに描くエッセイ。（末盛千枝子）

おいしいおはなし　高峰秀子編
向田邦子、幸田文、山田風太郎……著名人23人の美味な思い出。文学や芸術にも造詣が深かった往年の大女優・高峰秀子が厳選した珠玉のアンソロジー。

るきさん　高野文子
のんびりしていてマイペース、だけどどっかヘンテコな、るきさんの日常生活って？　独特な色使いが光るオールカラー。ポケットに一冊どうぞ。

それなりに生きている　群ようこ
日当たりの良い場所を目指して仲間を蹴落とすカメ、迷子札をつけているネコ、自己管理している犬。文庫化に際し、二篇を追加して贈る動物エッセイ。

うつくしく、やさしく、おろかなり　杉浦日向子
生きることを楽しもうとしていた江戸人たち。彼らの紡ぎ出した文化にとことん惚れ込んだ著者がその思いの丈を綴った最後のラブレター。（松田哲夫）

ねにもつタイプ　岸本佐知子
何となく気になることにこだわる、ねにもつ。思索、奇想、妄想はばたく脳内ワールドをリズミカルな名短文でつづる。第23回講談社エッセイ賞受賞。

回転ドアは、順番に　穂村弘　東直子
ある春の日に出会い、そして別れるまで。気鋭の歌人ふたりが、見つめ合い呼吸をはかりつつ投げ合う、スリリングな恋愛問答歌。（金原瑞人）

絶叫委員会　穂村弘
町には、偶然生まれては消えてゆく無数の詩が溢れている。不合理でナンセンスで真剣だからこそ可笑しい、天使的な言葉たちへの考察。（南伸坊）

杏のふむふむ　杏
連続テレビ小説「ごちそうさん」で国民的な女優となった杏が、それまでの人生を、人との出会いをテーマに描いたエッセイ集。（村上春樹）

月刊佐藤純子　佐藤ジュンコ
注目のイラストレーター（元書店員）のマンガエッセイが大増量してまさかの文庫化！　仙台の街や友人との日常を描く独特のゆるふわ感はクセになる！

ギリシア悲劇（全4巻）
大場正史訳

荒々しい神の正義、神意と人間性の調和、人間の激情と心理。三大悲劇詩人（アイスキュロス、ソポクレス、エウリピデス）の全作品を収録する。

バートン版
千夜一夜物語（全11巻）
古沢岩美・絵

めくるめく愛と官能に彩られたアラビアの華麗な物語――奇想天外の面白さ、世界最大の奇書の名訳による決定版。鬼才・古沢岩美の甘美な挿絵付。

ガルガンチュア
ガルガンチュアとパンタグリュエル1
フランソワ・ラブレー
宮下志朗訳

巨人王ガルガンチュアの誕生と成長、冒険の数々、さらに戦争とその顚末……笑いと風刺が炸裂するラブレーの傑作を、驚異的に読みやすい新訳でおくる。

文読む月日（上・中・下）
トルストイ
北御門二郎訳

一日一章、一年三六六章。古今東西の聖賢の名言・箴言を日々の心の糧となるよう、晩年のトルストイが心血を注いで集めた一大アンソロジー。

ランボー全詩集
アルチュール・ランボー
宇佐美斉訳

束の間の生涯を閃光のようにかけぬけた天才詩人ランボー――稀有な精神が紡いだ清冽なテクストを、世界的ランボー学者の美しい新訳でおくる。

ボードレール全詩集Ⅰ
シャルル・ボードレール
阿部良雄訳

詩人として、批評家として、思想家として、近年重要度を増しているボードレールのテクストを世界的な学者の個人訳で集成する初の文庫版全詩集。

高慢と偏見（上・下）
ジェイン・オースティン
中野康司訳

互いの高慢さから偏見を抱いて反発しあう知的な二人がやがて真実の愛にめざめてゆく……絶妙な展開で深い感動をよぶ英国恋愛小説の名作の新訳。

分別と多感
ジェイン・オースティン
中野康司訳

冷静な姉エリナーと、情熱的な妹マリアン。好対照をなす姉妹の結婚への道を描くオースティンの永遠の傑作。読みやすくなった新訳で初の文庫化。

荒涼館（全4巻）
C・ディケンズ
青木雄造他訳

上流社会、政界、官界から底辺の貧民、浮浪者まで巻き込んだ因縁の訴訟事件。小説の面白さをすべて盛り込み壮大なスケールで描いた代表作。（青木雄造）

ソーの舞踏会
バルザック
柏木隆雄訳

名門貴族の美しい末娘は、ソーの舞踏会で理想の男性と出会うが身分は謎だった……驕慢な娘の悲劇を描く表題作に、『夫婦財産契約』『禁治産』を収録。

コスモポリタンズ　サマセット・モーム　龍口直太郎訳
舞台はヨーロッパ、アジア、南島から日本まで。故国を去って異郷に住む"国際人"の日常にひそむ事件のかずかず。珠玉の小品30篇。（小池滋）

眺めのいい部屋　E・M・フォースター　西崎憲／中島朋子訳
フィレンツェを訪れたイギリスの令嬢ルーシーは、純粋な青年ジョージに心惹かれる。恋に悩み成長する若い女性の姿と真実の愛を描く名作ロマンス。

ダブリンの人びと　ジェイムズ・ジョイス　米本義孝訳
20世紀初頭、ダブリンに住む市民の平凡な日常をリアリズムに徹した手法で描いた短篇小説集。リズミカルで斬新な新訳。各章の関連地図と詳しい解説付。

オーランドー　ヴァージニア・ウルフ　杉山洋子訳
エリザベス女王お気に入りの美少年オーランドー、ある日目をさますと女になっていた――4世紀を駆ける万華鏡ファンタジー。（小谷真理）

バベットの晩餐会　I・ディーネセン　桝田啓介訳
バベットが祝宴に用意した料理とは……。一九八七年アカデミー賞外国語映画賞受賞作の原作と遺作「エーレンガート」を収録。（田中優子）

キャッツ　T・S・エリオット　池田雅之訳
劇団四季の超ロングラン・ミュージカルの原作新訳版。あまのじゃく猫におちゃめ猫、猫の犯罪王に鉄道猫。15の物語とカラーさしえ14枚入り。

ヘミングウェイ短篇集　アーネスト・ヘミングウェイ　西崎憲編訳
ヘミングウェイは弱く寂しい男たち、冷静で寛大な女たちを登場させ「人間であることの孤独」を描く。繊細で切れ味鋭い14の短篇を新訳で贈る。

動物農場　ジョージ・オーウェル　開高健訳
自由と平等を旗印に、いつのまにか全体主義や恐怖政治が社会を覆っていく様を痛烈に描き出す。『一九八四年』と並ぶG・オーウェルの代表作。

トーベ・ヤンソン短篇集　トーベ・ヤンソン　冨原眞弓編訳
ムーミンの作家にとどまらないヤンソンの作品の奥行きと背景を伝える短篇のベスト・セレクション。「愛の物語」「時間の感覚」「雨」など、全20篇。

誠実な詐欺師　トーベ・ヤンソン　冨原眞弓訳
〈兎屋敷〉に住む、ヤンソンを思わせる老女性作家。彼女に対し、風変わりな娘がめぐらす長いたくらみとは？　傑作長編がほとんど新訳で登場。

ちくま文庫

愛《あい》とまぐはひの古事記《こじき》

二〇一一年十月十日　第一刷発行
二〇二二年十一月十日　第二刷発行

著　者　大塚ひかり（おおつか・ひかり）
発行者　喜入冬子
発行所　株式会社　筑摩書房
東京都台東区蔵前二―五―三　〒一一一―八七五五
電話番号　〇三―五六八七―二六〇一（代表）

装幀者　安野光雅
印刷所　株式会社精興社
製本所　株式会社積信堂

ISBN978-4-480-42875-2　C0191